所有的美好，也许只是恰逢其时

吴桐 著

四川人民出版社

自序

在我初上豆瓣的时候，从来没有想过有一天会给别人写回信，就像在来新加坡之前，我也从来没有想过自己会学习心理辅导课程一样。

事实上，不记得从哪一天开始，豆瓣开始有人陆陆续续写信给我，找我倾诉感情问题，希望得到我的建议。我把回信贴出来想给有相似经历的人做参考，谁知接下来一发不可收拾，现在，我的信箱常常爆满，而我也并不能做到每封信都回复，这实在有点抱歉。

我很感谢那些信任我的女人，而我其实也很害怕辜负了她们，这恐怕也是我特意跑去学习心理辅导的最大原因。

只是正规的心理辅导和这种网络的回信还是有很大的区别。比如，我们无法面对面，我无法一句一句地提问，也无法真实地感受到对方是否还有其他的难言之隐。

但是，信件也有一个好处，那就是放松。因为写信的人不需要真正地面对我，对我来说，他们可以是任何一个陌生的路人，所以他们感到安全，也更容易敞开心扉。

有些时候，女性朋友希望我帮她们做一些很重要的决定。但是很遗憾，无论从哪个层面来说，让别人帮你做决定都不是明智的选择。何况，我根本没有这么大的权利替你决定人生。我只会说出我的意见，尽管有的时候那些意见并不中听。

我是八〇后，看过琼瑶，也读过亦舒，但我更喜欢看《欲望都市》和《绝望主妇》。正因为如此，才使我能在每一段恋爱终结时，都不上演狗血剧情。

事实上，我更喜欢男人的思维。他们简单、直接，他们更自我也更真实。他们也会软弱，但是很少自欺欺人。

我相信每个人都充当过聆听者的角色，去劝慰过身边那些感情陷入矛盾的朋友。开始我们总会站在朋友一边，告诉她们对方是有多么混蛋，多么不值得，但是后来我发现那根本没用。于是我开始反思，作为求助者，是否在很多时候忽略了自身的问题。

很多人只相信她们愿意相信的东西，而那些不愿意看见却又一直存在的，才是她们痛苦的根源。于是我做了一件事，那就是把她们不愿意看见和面对的东西找出来、说出来。我只负责扔在那里，要怎么做，她们自己看着办。

我的角色就像《皇帝的新装》里的小男孩，指着裸体的皇帝说：是的，他没穿衣服。

这本书里收录的回信，言辞比较直接，这大概就是我的风格，一半温情，一半犀利。从来没有想过会出一本书信集，所以这本书的出现完全可以说是无心插柳。

千百年来，人们歌颂爱情，赞美爱情，书写爱情。这也导致很多人对爱情总是抱着不切实际的憧憬，这种对爱情的误解，最终将她们伤得很深。

爱情不以童话的方式存在，并不代表它不美好。爱情其实有着它自己的面貌，一种更真实更广阔的面貌。

我总是建议大家，在什么样的年纪就去做什么样的事，因为青春不挥霍也会过去。而且我相信人的一生都有一些必须要经历的阶段，这些阶段如果被你错过，那么说不定在未来的某一天，你会重走曾经漏掉的部分。这就可以解释，为什么很多在年轻时没有来得及好好谈恋爱就稀里糊涂进入婚姻的人，会在婚后出轨寻找他们缺失的爱情。

趁年轻多谈几场恋爱吧！因为恋爱能帮助我们认识自己想要的是什么，以及什么样的人才适合自己。我也希望女人在恋爱时少想着点儿结婚和生孩子的事情，因为你根本不必着急，总有一天你会找到一个人结婚生子。

如果因为害怕受伤而不敢去爱，那你将错过生命中最绚烂的时光和最美丽的年华。如果因为遇到过混蛋，而不再相信爱情，那更是一件得不偿失的事情。谁的一生没有遇到个把人渣？没有他们，你不会迅速成长，而正是你的成长，使你成为更好的自己。终有一天，更好的你会遇到更好的人。

而那些荒谬的往事，那些笑中带泪的青春，都将成为你人生中最特别的记忆。

爱情，永远是这个世界上最美好的事情。

吴桐

目录

所　有　的　美　好，

不过是插曲

吴桐：

我是第一次给你写信，之前关注了你很长一段时间，看到你经常为别人解答感情问题，所以我想把我的故事告诉你，听听你的看法。

我跟男朋友分手有十几天了，现在的心情已经很平静，但心里还是有些疙瘩。他比我大三岁，今年毕业参加工作，我才刚刚进入大学，我们是通过父母认识的。两个人在不同的地方，本来没有想过要往那方面发展，后来聊天多了就聊出了感情，觉得两个人在很多方面都很像，虽然是异地恋，但隔得也不太远，见面也容易。跟他在一起的时候，我也没有想很多，相信他说的每一句话，毕竟他已经大四，会开始考虑现实。他问我以后愿不愿跟他回A市工作。我本来就是离开A市来到B市安家的，所以根本不打算再回去。那时候的他会说："没关系，等我奋斗个几年我也要来B市和你一起生活。"

刚开始的时候，我们的感情很好。有段时间我们两个人都过得很艰难，因为要时常见面以致花钱太快又不敢向家里伸手要钱。我每天都很节省，吃得很少，就是为了省下钱以期见他一面。那时候的我以为，我们既然能够熬过这么艰难的时刻，那么以后的困难根本就不算什么了。他也说，对于漫长的一辈子来说，等我毕业的这三年也算不了什么。也许是我太相信他，相信他的每一个承诺都会兑现，根本没想到他会有突然变卦的一天。

他毕业离校后，回到家乡A市，进了一家不错的单位。在他还没去单位前，我们的感情还是像原来一样好，可是在他去单位之后，感情有了变化，渐渐地他不像以前每天都打电话给我了。他生日那天，也没有说要跟我一起过，而是第二天才约我出来吃饭，我还无意间发现他跟新来的女同事往来密切。

朋友们都说我也许是他大四空虚时的填充物，但我一直坚信之前那段感情是真的。可是，为什么一个人会因为参加工作而变得如此之快呢，快得让我措手不及？分手后他可以泰然自若地跟我继续做朋友，但我却做不到，我害怕知道关于他的一切消息。

我现在对感情也产生了恐惧，因为之前的几段感情让我很受伤，而这一次我以为他对我是真心的，没想到又是同样的结果。我变得不敢相信别人的话，怕再一次体验到承诺不能兑现的那种失落。有时候我真的很想问，为什么我就遇不到一个真心对我好的人呢？这个人到底什么时候才会出现？我对每一段感情都付出了真心，为什么最后受伤的都是我？

Jane

Jane：

大多数的恋爱最终都败给了现实。这点你在大四毕业的时候，会比现在感触更深。

你和这个男生，根本是在错误的时间遇到错误的人。也注定，你们不过是彼此生命中的一位过客。还记得我引用过的那句电影台词吗？“爱情没有那么多借口，如果不能圆满，只能说明爱得不够。”

男人很清楚什么人是用来谈恋爱的，什么人是用来玩暧昧的，什么人又是用来结婚的。而很不幸，你只是那个被用来谈一段恋爱的人。

对女人来说，谈一段恋爱其实也没什么大不了，但最让女人耿耿于怀的，是男人在谈一段小恋爱的时候，却总是搞得好像要来一场惊天地泣鬼神的旷世之恋，信誓旦旦，海誓山盟，一副甘愿赴汤蹈火的样子，骗得连他自己都信以为真。

但是，那又有什么关系？每个人都要在感情的道路上不断成长。他这样一个男人，在我看来实在无趣，俗气到一点都不出人意料，完全是在按套路出牌，毫无技术含量。

首先，和你聊天，赢得你的好感，把你泡到手。之后跟你谈谈远距离的恋爱，偶尔见见面，陪他度过一段找工作时百无聊赖又有点迷茫的特殊阶段。待他找到工作，生活稳定下来，你就没什么大用了，这时候他就开始考虑怎么把你甩掉，不在一个城市当然是最好的理由。

跟女同事往来密切那都不算什么，真正恶心的你可能还没看见呢。要是你无意间看到他勾搭别的女生的聊天记录，也许你会后悔为什么自己没有先甩了他。

他对你的那段感情当然是有真情存在的，那真情就是他那时的感情需要一个寄托的对象。但是责任和爱，完全说不上。你能说他有多坏吗？不能，因为他就是最最普通的男人中的一个，大多数不成熟的男人对待感情都是这个套路。

亲爱的，我现在不会告诉你，这段感情在你漫长的人生中将会是多么的无足轻重。因为我觉得，你的这种失落也是一时的。所以我现在只想对你说，如果难过就哭一哭，然后甩甩头发、擦擦眼泪，让他滚蛋，滚得彻彻底底。

姑娘啊，万万不要和自己过不去。你才大一，你的人生才刚刚开始。也许有人会告诉你，下一个男人会更好；但是我却要告诉你，也许你还会遇到更糟的男人，比他还糟糕十倍，但是那又怎么样呢？

等你度过了这段失恋的低潮期，等你再遇到别的人，等你再一次恋爱，等你将注意力投入到五彩缤纷的新世界，等你毕业后发现生活还有那么多可能性，你会释然，你会发现他其实什么都不是，而眼下经历的这一切不过就是一场雷阵雨，不过是人生的一段经历而已。

至于还继不继续跟他做朋友，你不想做就不做。不爱的那一方往往很容易说出“我们还是继续做朋友吧”，我觉得既然已经分手，做朋友也没有太多意义，除了偶尔可以利用这份未了情来慰藉一下寂寞空虚的心灵，还有什么好处？对方需要表现某种大度，女人不必当人家的工具，最后要是又陷进去，简直是自取其辱。

你现在唯一要做的事情就是原谅，原谅他的平淡无奇，原谅这段过去，原谅自己，原谅上天在让你遇到对的人之前，先安排一些无关紧要的人给你。若不是这些人，你怎么会在遇到对的人时心存感激，又怎么会分辨得出孰好孰坏，又怎么能够学会珍惜？

相信吧，对的那个人还在前面等你。也许你还要跋山涉水、披荆斩棘，但能不能得到真爱，有的时候就是看你够不够有勇气。

祝你恋爱精彩！

吴桐

情到深处自然“贱”

吴桐：

他是经单位领导好心介绍认识的，比我长三岁。我对他的第一印象还是不错的，我感觉他对我的印象也不错，于是我们开始交往。每次都是他主动在网上找我聊天，不过我不是很放得开，不爱多讲自己，他又是一个掌控欲很强的人，因觉得无法掌控我，心里感到不舒服。我是个强硬的女子，又有点独立，那些小鸟依人、柔情似水的举止很难在我身上表现出来，除非某个男人可以开发出我这方面的潜能。

我们刚认识的前三个月还是比较愉快的，三个月后试着确立恋人关系，问题就来了。我觉得我们没有一次真正意义上的谈心，我根本不知道怎么去了解他。这样的相处让我觉得有距离感，我也没有积极处理，不冷不热任其自行发展，他表现得比我还不在乎，于是我们经历着分分合合的恶性循环。

他说和我分开的时候觉得可惜，和我在一起的时候又不舒服。说我太有主见，且咄咄逼人。在他不想说话的时候总找他说话，在他想说话的时候又不让他说。我傻了，完全不知道该怎么回应，便任他在想我的时候来看我，不想我的时候冷落我。这种状态持续了两个多月，我被折磨得筋疲力尽。我已经不知道该怎么和他交往了，我忍受不了他的自我。

最难受的还不止这些。有一次，我在他的微博上发现，他很关心某个女歌手，人家的一举一动都牵着他的心，他还时不时地@她要求她更新，说一些肉麻的话。看得越多，我心里越不是滋味。不过也正因为如此，才让我从过度思念他的深渊里走出来。

后来，我们还是结束了。有时候，缘分不够，面对爱情我们都无能为力吧？我原本是想好好和他相处的，却总有隔阂存在于我们之间，让我们无法彼此相融。是我们都害怕伤得太深而不敢用尽全力去爱吗？我想是的。

还是会有小遗憾，毕竟我曾经在柔软的心里搁着一个他。

晚晴

晚晴：

有人说：所谓缘分，就是恋爱成功时的理由，失败时的借口。

成与不成，都可以用一个“缘分”来解释。这样倒挺好，不然我们用什么来抚平伤口呢?

其实，你和这个男人就是性格不合，而且都很要命地爱自己更多。你们并不适合做对方的另一半，或者说，你们都没有办法成为能扼住对方七寸的那个人。

爱情像狩猎，但有时候猎物也会自投罗网，比如这个男人对那个女歌手。其实女人也一样，那些在男人面前双手托腮、眼睛狂眨、做幼稚天真状的女人，想必你也不是没见过。道理等同，都是感情当中弱势一方甘愿或者期待被对方吃。有人鄙夷，有人天生就吃这一套。你能说谁好谁不好吗?

情到深处自然“贱”。“贱”不要紧，关键问题是，能不能互相“贱”并“贱”出幸福感，不然单独“贱”那就是一场笑话。说白了，感情的事不就是周瑜打黄盖——一个愿打一个愿挨吗？既然你们都不愿意为对方放低身段，都觉得自尊比你们那点可怜的感情更重要，那就game over喽，你实在没什么可遗憾的。

如果你冷静下来仔细想，你俩谁都拿不住谁，谁都不肯为对方放低哪怕一点点身段，别说做恋人，就是做朋友都不一定合得来。何况，也根本没必要做朋友。本来就是相亲而已，不合适就趁早收手。

若真为失去他难过，你早就不管不顾去找他了。你没有这样做的原因是，你觉得他不值，而对不值的人放手又有什么难的？你其实早就做出了选择。

吴桐

关于小三的问题

吴桐：

大家都知道这是一个小三泛滥的年代，那么在我们的另一半遇到了诱惑的时候，我们是应该给予宽容，还是把小苗苗扼杀在摇篮里呢？宽容的度要怎么把握？小苗苗又要怎么扼杀？或者还是拍拍屁股自己走人，任对方逍遥去？不过无论怎么做，伤心难过都会有自己一份。

还望姐姐指点一下我这位人生经历、感情经验都不丰富的小屁孩。

小屁孩

小屁孩：

你这个问题问得简短有力，直中红心。

当小三这个现象，当下社会简直是层出不穷。有人在当小三的过程中寻找真爱，有人在当小三的过程中扩大家产，还有人在当三的道路上走得不明不白、不清不楚、曲折婉转、无助凄凉。

不管是哪种小三，她的背后必须得有一个支持她和配合她的男人，这也就是所谓的一个巴掌拍不响。那个男人也许用婚姻作为承诺，像在推磨的驴子前面挂棵胡萝卜一样，吊足她的胃口，让她一心一意转圈圈；也有些男人用金钱当诱饵，像训练马戏团里的动物一样，让她心甘情愿上蹿下跳钻火圈；还有一些是，根本扑朔迷离的两个人，不知怎么就搞到一起去了，然后还呼天抢地、痛不欲生。

作为一个资深烈女，我认为，乱搞就是乱搞，再伟大的爱情也是要有先来后到的规矩的。就算你不想跟身边人玩了，请先出局，然后再找你的真爱去。不玩一对一游戏的人，不论男女都是混蛋。所以，以其人之道还治其人之身，对付混蛋当然要用损招。

简单来说，婚前的出轨一律都应归结成蓄意而为，实在无须原谅。况且婚前分手成本低、代价小、没有后患。所以我一向提倡，发现对方脚踏多只船立刻让他淹死。淹死的办法就是想方设法和另一条船并肩作战，一起撤离。如果另一条船选择死守，请果断退出不玩。

自古以来“肉有五花三层，人有三六九等”，千万不要置一时之气上演抢男人的戏码，抢到手也不会爽的，何况还助长了那个男人的嚣张气焰。

如果你离开后，他回头找你，冷笑一声，悲悯地看他一眼就好了。告诉他：人都是这样成长的，天底下没有白吃白玩、便宜都让你一个人占尽了的好事。每个人都要为自己的所作所为付出代价。

当然，这是针对婚前的。若是婚后，那则另当别论。我这么说的意思，不是说结婚以后女人自然就变得被动了，男人就可以为所欲为了；也不是说既然结了婚就等于上了贼船，无论如何都要咬牙坚持。有些已婚女性遇到婚姻危机找人倾诉，经常听到的建议是：“反正你孩子都生了，男人就那么回事，睁一只眼闭一只眼算了。只要他不离婚，玩就让他玩去，玩够了自然会回家的。”我想说，说这种话的女人一定是自己本身婚姻就有问题，自己都破罐子破摔了，如何能指导别人?

已婚者通常有两种情况：一种是有孩子的，一种是没有孩子的。

已婚无孩的女性后顾之忧要少一些，如果发现小三苗头，能扼杀就扼杀在摇篮里。当然，这种扼杀在摇篮里的情况，属于得了病之后马上吃药，治愈后仍是健康关系。如果是已经后知后觉、病入膏肓，那么建议不要病急乱投医，更不建议施行一哭二闹三上吊的泼妇法则。正确的做法是：

第一，先趁着风平浪静转移财产，以确保在暴风骤雨来临时能够从容淡定。

第二，能挑拨离间尽量挑拨他们的关系，小三找上门来也要保持优雅礼貌，先抓狂你就输了。你是正室，你有名分你怕什么？就算这个男人你不打算要了，也要自己先点头他才能走。

第三，在没有找到合适下家的时候先不要急着离婚，好好的该怎么过就怎么过。该美容就美容，该party就party，没了负担之后，你可以随便交往身边男人，要是恰好有个不错的下家再离婚不迟，这样女人可以省略掉离婚后的心理低潮期。

还是那句话，男人不仁，女人也可以不义。以上三点的中心思想是：无论如何，在没有爱的时候，要懂得保全自己的最大利益。

最后时刻，有些男人会选择跟小三开开心心双宿双飞，有些男人也可能后悔到痛哭流涕跪着来抱你大腿。那么，当你动了恻隐之心，请先冷静思考一下，如果你们重归于好，你是否真的能够原谅他？在未来的生活中重新建立起信任是一件十分重要的事情，不然就算你们的婚姻保住了，夫妻关系也有了一个缺。所以，在做决定的时候，应该抛开一切世俗的考虑，先问问你的心。

有孩子的女人麻烦一点，所以很多女人选择在老公出轨之后强压愤怒与耻辱，跟老公重归于好。这个我十分理解，毕竟有了孩子之后就不能光考虑自己，要为孩子着想，希望能给小孩一个完整的家庭。但是，即使这样也是要有原则的，出轨一次尚可以称为“意外事件”咬牙原谅，出轨两次那就是他自己刻意的选择，这样的男人连最后的底线都可以触碰，不要也罢。恰恰为孩子的健康成长着想，还是不要让孩子处在这样一种家庭氛围中比较好，这种太太一味忍让的家庭模式才是不健康的。

就像你所说，无论怎么做，伤心难过一定有自己一份。有人选择要死大家一起死，你们让我不痛快我也不让你们痛快；有人选择默默无言全身而退，你们爱怎么样从此与我无关，尘归尘土归土，从此两不相欠。

我觉得任何痛苦都是暂时的，阴霾总有消散的一天，就看你处于逆境的时候，有没有清晰地感受到还有一个很重要的东西叫作“自我”。

有人说，真的爱一个人就不会做到一次不忠百次不容。我觉得那也是要分人的，要是硬着头皮原谅了对方，自己却每天笼罩在阴影里毫无幸福感可言，还不如一开始就手起刀落当机立断。

也有人明明就是想让对方回头，却偏要情商极低地大哭大闹，搞得人尽皆知，反而令对方毫无内疚地离她而去，一辈子伤心自责。如果这样，那当初就别逞那个强，玩不起，就要学会低头。

有的女人会说，虽然他对不起我，虽然他跟别人出轨了，但我还是爱他的，我们辛辛苦苦走过这么多年，我怎么能够就这样眼睁睁地看着他被别人抢走？怎么能够容许他跟别人另起炉灶？万一我一直放不下他，后半生岂不是好凄凉好痛苦？所以我要留住他，把他抢回来。

对于这样的女人，我只能建议她去买本《知音》或者《家庭医生》，里面有大把大把的文章告诉你如何挽回破裂的婚姻。通常的套路是：不要跟他闹，也不要给他压力，平平淡淡，每天当没事人一样做饭给他吃，外面的女人逼得越紧，你越要表现得大度。唯有这样，男人这种趋利避害的动物才会在转了一圈之后，选择跑回你身边，因为和你在一起不累得慌。

但是，你得多么需要他、多么具有母性的光辉，才能像原谅一个做错了事情的儿子一样，原谅与包容他的错误呢？而且，万一你的如意算盘落空，又该怎么去面对这残忍的结局？当然，如果原谅和原谅后的结果都是你能接受的，那么好吧，去买本《家庭医生》，没准儿顺带连你们多年性生活不协调的问题都一并解决了呢。

不是所有的女人都能有幸找到一个格调高、有原则、识大体的老公，况且生活也不会一直风平浪静。“男人就像风筝”比喻的精髓在于，你得确保那根线一直在你的手里。但是女人往往最容易忽略一件事情，那就是，为什么不能做你自己？结婚不是0.5+0.5=1，而应该是1×1=1，你们其实是完全平等独立的两个个体，当风筝的线攥在你手中的时候，你也得让他感觉到你其实也是一只风筝，他若不努力，你也会飞走的。

所以，一味的付出与忍让，一味的追究与抱紧，都不是留住男人的最好方式。最好的方式是，懂得在一段关系中，你们势均力敌。

吴桐

在这大好的青春时光里，还不往死里妖娆

吴桐：

经常看你帮人解决各类疑难杂症，分析特别到位，今天也想请教姐姐怎么看待男闺蜜。我的男朋友是某位女生（她也有男朋友）的男闺蜜，当然，他自己不承认，但我肯定是吃醋的，心里不好受。

我们现在大二，谈了一年多，中间分手了两次。第一次是他跟我提出来的，我当时死活不肯，后来又和好了。第二次是我提出的，在暑假，因为我觉得他根本不喜欢我，但一开学返校他就来求我。我还是喜欢他的，所以又好到现在。

有时候，我真的觉得自己像个玩具，他想起来了就爱不释

手，想不起来就把我当空气。对了，我们不是一个专业的，加上每天都会见面，共同话题就比较少。很多时候我都在想，他是不是对我厌倦了？

当初在一起的时候还会谈谈未来什么的，现在完全不谈这些了。我问过他有没有考虑过我们的未来，他说没想那么远，但我觉得只是玩玩的恋爱我谈不起。

他其实还是喜欢我的，只是没那么新鲜了吧？

举棋不定的妹子

举棋不定的妹子：

你这封信，我要一分为二地看。第一个问题是关于男闺蜜的，第二个问题是你和你男朋友的关系。这两个问题之间其实并没有必然的联系。

一个男人有女性闺蜜（俗称“红颜知己”），是一件让女朋友很头疼也很容易吃醋的事情。但如果男人懂得掌握尺度，那并不会成为你们之间最大的问题。其实你和你男朋友的问题，是都太年轻，对未来都没有什么把握。你们能做的不过就是在校园里谈谈清新的小恋爱，至于“爱与未来”这种重大的问题，离你们似乎还有一段距离。

以你男朋友的年轻现在根本还没定性，对一切都还充满好奇，也并不成熟。就像开学他又跑来找你一样，他只是觉得不能轻易就结束一段关系，让自己成为单身。你们这对男女朋友，其实就像是彼此生命中的一段过程，必然要经历，也必然要过去。

恋爱和婚姻有太多不同，男人和女人也有太多不同。比如，女人特别喜欢设想未来。和一个男人在一起的时候，会很自然地想到以后，甚至想到结婚生子。但是，男人却只在乎当下，对他们来说，当下能开心才是最重要的。所以，女人总是患得患失，而男人面对女人的患得患失总是难以理解。

我很赞同一种说法：谈恋爱是一种学习的过程，是一种认识自我情感需求的最好方式。谈恋爱是为了有一天能明确知道自己要的是什么样的感情、什么样的人。所以，一些事和一些人，必须是也只能是一段过程而已。

说白了，还是那一句，“他其实没那么喜欢你”。他如果足够喜欢你，就不会让你一直陷在“他到底是不是真的喜欢我”或者“他到底有多喜欢我”的疑问里，也不会和你所说的“闺蜜”过从甚密，让你心里不好受。他如果足够喜欢你，就不会给你机会瞎想，更不会给你机会提分手。所以，是的，他只不过是没有那么喜欢你。但是其实，很多很多的恋爱，都没有那么的喜欢。所以，很多很多的恋爱，最后都分手了。

事实上，在这个世界上一下子就能让我们遇到“特别特别喜欢”甚至“为之疯狂”的人的概率又有多少呢？不过我一直还是希望，每个人在感情的道路上跌宕起伏、跌跌撞撞之后都能够真的沉淀下来，知道自己在坚持什么，知道自己还可以等待什么，知道自己在寻找什么。不是所有的人都那么幸运，可以在一开始就遇到一份从一而终的感情。但是没关系，越到后来你越清楚自己要的是什么，终有一天你会变得理智和明晰。

如果我说，这只是你的一段成长，你同意吗？

接下来说说“男闺蜜”。说到男闺蜜，不能不想起前一段时间上映的电影《失恋33天》，这部影片上映之后票房极其火爆，文章饰演的“王小贱”就是人们口中所说的典型的男闺蜜。在你需要的时候他借你肩膀哭，在你犯傻的时候他可以一个耳光把你抽醒，在你烂醉之时也可以背你回家，帮你洗好水果盖好被子。他们简直无所不能，可以居家做饭，可以一同血拼，可以当旅行时候的急救包，还可以偶尔出场客串恋人替你报复前男友。

当然，电影里的“王小贱”其实是爱上了黄小仙，但是在生活里常常有这样一些人，他们友情以上恋人未满，由于种种原因，他们只有暧昧，却没有办法迈出实质性的那一步。甚至还有一些人，他们只是喜欢这种模糊的状态，并享受这种模糊的情感，他们并不想更进一步，也不想后退一步。他们的性格和情感里面掺杂了一部分可笑的幼稚，一部分纯情的天真，一部分莫名其妙的虚荣，还有一部分无聊的自恋。但是这种情感通常只会在不够成熟的青春期出现，因为他们其实也并不确定这种情感到底是友谊还是爱情。

随着年龄的增长和阅历的增加，男人会更加明确自己对一个女人感情需要的定位，要么有兴趣，要么没有。那时候就没有之前这种以友情的名义玩暧昧的事情了。成年以后的暧昧，那叫勾搭、调戏、乱搞。真正的暧昧，是有真情实意在里面的，不仅仅只是想不负责任地调情和上床。

冈察洛夫有一段非常著名的话："男女之间不存在也不可能存在友谊，所谓的男女之间的友谊，不外是爱情的开端或残余，或者就是爱情本身。"对于男女之间到底有没有真正的友谊这个问题，我也没有办法妄下断言，因为我也是有男性朋友的。但是回想一下，在很早的时候我和我的男性朋友们，不是他们其中的某一个爱慕我，就是我对他们其中的某一个有好感，所以我其实对男女之间到底有没有真正的友谊这种问题也是持怀疑态度的。

朋友分很多种，能成为"闺蜜"级别的，一定是有某种喜欢和好感在里面。但是因为对彼此的爱慕不够上升到伴侣的高度，所以只享受其中的小暧昧和小温情，至于会不会发展成其他的关系，我觉得最后要是变不成伴侣，会比较容易发展成亲情。而且彼此有了男女朋友之后，其实按理说彼此就会很自觉地控制距离和关系度。如果你的男朋友没有做到这一点，只说明他还不太懂得替你着想，不太能够把握好分寸。

一份真正的友谊不会破坏彼此的生活，因为内心里是真的处处希望给对方方便，不想造成任何困扰。当然，不排除一些“妇女之友”型的男人，他们就是喜欢参与女性话题，跟你聊护肤、聊保养、聊化妆品，甚至跟你聊月经不调、聊男人出轨，但那十有八九是个gay。

至于你的男朋友和他的闺蜜，如果是在大学里才认识的，那应该比认识你也早不了多少，跟闺蜜比跟你还亲的话，就完全说不过去。十有八九，你男朋友爱慕人家，可惜他不是那女孩的菜，所以只有屈尊成闺蜜守在身边等待时机。如果他们是从小就认识，一起到大学读书的话，他对那女孩比对你还亲就稍微可以理解，因为毕竟那是他的“娘家人”。

不过我看你这个不上路的男朋友，其实换了也无所谓，别在他身上耽误时间每天期期艾艾变成一个怨妇。大学时光多美好，你的人生现在就是一朵花，耗费在一些无聊的事情上多亏啊。在这大好的青春时光里，还不赶紧往死里妖娆。

吴桐

是真爱，是大爱，还是不爱？

吴桐：

你好！我关注你很久了，看你的分析句句精辟，切中要害，所以，我也想请你分析一下我一个朋友的经历。

两个人都是过三十的人了，她还是单身，他已经有了家庭。两人因读书而认识，周末一起上课备考研究生，结果两人都考上了。

考试前，他向她表白，说他会净身出户，希望能给他一个追她的机会。她怕影响他考试，就说考试后再谈吧。考试后，他来找她，说已经离婚了，情真意切，她才决定敞开心扉接受他。

之后，他从家里搬出来，因没有地方住，她就让他搬进自己租住的房子里。在一起一个月左右，他开始表现出各种痛苦和纠结，觉得对不起前妻，说他前妻真的很伟大，他也不知道该如何面对家里人，说他自己没有自信，工作和生活都没有起色，等等。再后来他开始拿她和他前妻做比较，说她不如他前妻的地方很多，做饭不好吃，出差又很多……还回忆了很多他与前妻之前的故事。

后来，两个人都很痛苦，就商量着怎么样才能好过一些。他说："我想去陪前妻走一段。"她说："可以，但我想和你在一起，我等你。"他说："在没有作决定之前，我先搬出去。"她说："好，大家都静下来想一想，你也想一想到底要怎么样的生活，但有了决定，要先告诉我，无论是回到前妻那里，还是回来和我在一起。"

两人就分开了，这中间她尽量不联系、不打扰，哪怕再想他，哪怕再痛苦。搬出去不到一个月，她无意中在学校看到了他以前骑过的车，她情绪崩溃了，但也没去联系他。再过了两三个星期，他发了一封邮件给她，说他已经向前妻忏悔了他的背叛，他前妻对他来说确实很伟大，他要回去赎罪。

她悲痛欲绝，但也不能做什么。如果他已决定了要回去，她也只会祝福他。虽然心有不甘，但也没去给他找麻烦。

整个过程就是这样，从开始到结束，可能有四个月的时间。

现在，我的这个朋友每天都很痛苦，瘦了十多斤。虽然她很努力，但却走不出来。

小薰

小薰：

恭喜你那个朋友，作为一个成年人，她对待感情也许没什么经验，但是至少很成熟。没有纠缠，也没有上演狗血剧。她做得非常好，给彼此转身的余地和自由，也给彼此保留了尊严。

你朋友的故事，我认真看了，我也感受到了她内心的苦痛，并且完全理解她现在的难过。但我要告诉你那位朋友的是，这件事情有正面积极的意义，至少能够让她在正式进入婚姻之前，了解男人和婚姻是怎么回事，这对她以后的婚姻是有益处的。

男人的激情在婚姻里，会随着时间的推移逐渐退去。他之前谈恋爱的时候，他老婆的那些优点，以及他爱他老婆的那些东西，渐渐地他会看不到了。这不怪他，有的时候人就是这样，这和离得太近会产生视觉上的盲点是一个道理。

朝夕相处，让所有的好都成为一种理所当然，而所有的不好都会示现为一道道荆棘。没有了新鲜感，没有了刺激，连之前觉得特别好吃的饭菜都逐渐没有了味道，甚至连牵手的欲望都没有了。

如果这时候他们还经常发生争吵，为一些鸡毛蒜皮的小事争持不下（请注意，一定会有这样的时刻，这是每一个婚姻都会面临的问题），男人就会更加失望，觉得他的老婆再也没有魅力，再也没有光环，再也没有让他继续留在她身边的理由了。

而你的朋友，正好成为他枯燥婚姻外寻找到的那个出口。你的朋友收留了他，但是他在后来朝夕相处的过程中，会越发清醒地意识到，其实这个女人根本没有想象中的那么与众不同，她也是一个普通的女人，她一样有缺点，一样有她的不完美。而他的老婆，现在也许也是不完美的，但至少更适合他。

况且，人是生活在现实中的，离婚带来的人际变化、经济变化，都会给他造成一定程度的不适应。离开了熟悉的生活环境，更让他看清楚了他需要的是什么。当他和你的朋友开始一段新的生活，这时，他突然清醒过来了。

说实话，他所说的对不起他老婆，潜台词是："原来我这个傻×这么不懂得珍惜，她那么好，我明明还爱她，我干吗要出轨？我现在后悔了，可是我又该怎么面对眼前的这个女人呢？我必须告诉她我后悔了，但是我又不能说我是后悔跟她在一起了，我只能说，我后悔背叛了我那么好的老婆。"于是后来你也看到了，你朋友把门一开，他头也不回地就跑了。

所以，你朋友唯一做对的一件事，就是没让自己继续纠缠下去，因为那个男人只不过是借助"离家出走"的机会看清楚了自己而已。他在这个事件中得到了快速成长，然后明白了一个道理：还是我原来的家好啊！

至于你的朋友，她虽然很无辜、很委屈，但通过这件事情，她也会成长。有一天她会遇到她的老公，那个真正爱她的人，也许他也会像小孩子一样有任性贪玩的时刻，但她会让他知道，这一切不过都是平淡生活的障眼法罢了。外面的世界再大，你的心都只属于一个家。而如何在平淡的岁月里保持彼此间的亲密与尊重，不离不弃，才是一生要学习的功课。

祝你的朋友早日走出来，找到真正的爱情！

吴桐

暧昧让人受尽委屈

吴桐：

最近我陷入了一段焦头烂额的关系——暧昧。我不知道自己是应该选择抽身离去，还是应该继续等待。

我跟他是在去年认识的，亲戚介绍，他大我七岁，事业有成。开始的时候我对他很不屑，但也不知怎么回事，我后来又喜欢上他了。我是那种很直接的人，喜欢就喜欢，不喜欢就算了。在患得患失的折磨下，我主动表白了。他却说他不知道自己想要什么，再处处看。

后来相处了三四个月，他消失了，没有再主动联系过我。我找他，他也不肯跟我见面，到最后我就放弃了。差不多半年后，他又回来找我，我不知道他是出于什么样的想法。反正，我跟着自己的感觉走，又同他出去看电影吃饭，一直保持着这样的来往。

上个月，我问他怎么看待我们之间的关系，是普通朋友吗？他说不是。我说那就是暧昧了，他说是。还说没有暧昧，怎么发展成情侣，我们有进一步发展的空间，再相处看看，再进一步了解了解。他说他是属于日久生情的人，一见钟情不靠谱。我知道他是一个比较理性的男人，所以到现在我们连手都没有牵过，很单纯的暧昧着。

可是我感觉自己像是被他抓在手掌心的鸟。我不知道该怎么处理这段感情，最重要的是我恋爱经历为零。

作为一名过了四分之一人生的女青年，我不知道自己是失败还是成功，我害怕自己在这种飘浮不定的关系中越陷越深，最终换来他一句，“对不起，我觉得我们不适合，还是做回朋友吧。”他对于感情的表达比较谨慎，不多说也不瞎说。

我朋友都说我成了传说中的备胎，劝我赶快离开。否则，我就要有承担一切后果的思想准备。我真不知道该不该继续跟他暧昧下去。

果果

果果：

没错，很不幸，你就是传说中的备胎。

你们相亲的时候，你只是他众多相亲对象中的一个，更直白点说，你只是一个备选方案。

对于他这个年纪的男人，相亲早就如同家常便饭，跟你暧昧，也可跟别人暧昧。事实上，他可以跟所有的相亲对象建立暧昧关系，而且名正言顺，因为他可以借口说，他只是打算在相处的过程中慢慢了解对方到底适不适合自己。

他消失的那段时间，一定是遇到了一个各方面条件都不错的女人，他要花心思追求她，所以只能冷落其他人。

而有一天他突然又回来了，不过是因为，他追求失败，或者相处了一段时间之后发现，对方不是他要找的人。

半年的时间过去了，他还能重新回头找到你，继续跟你交往下去，说明你还真是被人家吃定的那种单纯的女孩子。

但是很显然，你不是这个男人一眼就看上的理想对象。也许是容貌，也许是性情，也许仅仅是你的气场，总之你没能一下子就吸引到他。

男人这种动物，他们是受荷尔蒙控制的，他们总是吃着碗里的望着锅里的，他们在钓到大鱼之前，也不会放过每一条小鱼。

那么亲爱的，若你还想得到他，就要让他觉得你值得他为你疯狂和拼命。你随传随到，招之即来挥之即去，他怎么可能有危机感？又怎么可能珍惜？

一个女人的身价，有的时候是自己抬高的。

比如，你也可以不把他当成首选，而只当成备选方案。

他说再相处看看，你就点头微笑应允。

你要让他知道，你也有人追，你也有异性缘，你也有你的女性魅力。

不要次次他约你你都赴约，你可以说："对不起，我今天有其他的安排。""对不起，有朋友请我吃饭，今天没空。""对不起，我约了姐妹去逛街。"

然后记得好好打扮自己，永远让他看到你光鲜亮丽的一面。交谈时不必句句顺从追捧，要有自己的立场，要不卑不亢，要记得保持自信。

一个男人，永远是被自信的女人打动。倘若发现这个女人身边还有其他追求者，立刻就会感到危机，他不赶紧采取点行动，就会被人捷足先登。

男人的征服欲一旦被激发，难免不会做点傻事，比如买了钻戒跪在大庭广众下向你求婚。

不过，翻盘之后的你，要想清楚这个男人究竟是不是你要找的那个人，不然就算赢得了他的关注，也不一定能赢来真正的幸福。

更何况，也真的有可能，你做了这一切，那个男人还是没有被你打动。那也没关系，至少你学会了在男女关系中保持尊严。这样的你，就算吸引不了他，也一样可以吸引其他男人。

人的本性都是有一点“贱”的，你追他就跑，你跑他就追。掌握好若即若离的尺度，有时候事半功倍。

说到这里，我想起我的好朋友说过的一句话。她说：感情本不该是一场较量，但有时候它的确是一场较量。

而欲擒故纵，就是我能提供给你的最好的武器。

吴桐

谁都不是对方生活里的摆设

吴桐：

我和男友是在高二好上的，高中时期感情很好，大学的异地生活让我们的关系有了罅隙，在我还爱着他的时候，他提出了分手，说我们性格不合，已经不再爱我了。可我花了两年多时间，还是没有忘记他。

大学毕业回家，见到他，我们两个都有点情难自已，于是复合了。我们没有提大一分手时的不快，我觉得现在有他在身边就好。但是很快，他领我见家人，让我毕业跟他回县级市的老家生活。这时候我犹豫了，我想留在大城市发展，对于他给我勾勒的未来，我有点怀疑这是不是我想要的生活。我知道他更看重的是我会跟他走的表态，其实他也有可能会继续留在这里。但是我对他的感情经过大一时的分手多少有些变化，我开始变得理智，不愿意完全以对方的要求来构建我的人生。

其实当时有些赌气，他拿我和别人比较，说别的女孩都是怎么死心塌地跟着男友走。我说我想过自己喜欢的生活，我希望留在大城市发展。谁知道他把这些话全部告诉了他爸妈，这下他爸妈对我有了很大的意见。而我家这边，我爸爸也还没有接受他。这样一种双面夹击的压力快让我窒息了。

我疑惑的是：第一，我对他的感情到底变到什么程度了，没有毅然决然跟着他走的意愿是不是因为我不爱他了？第二，他父母对我的意见恐怕很大，以后该怎样相处呢？

爱娟

爱娟：

我想反过来看你的问题。

第一，如果一个女人没有毅然决然跟着男人走的意愿，就是不够爱的话，那么男人不顾及女人的感受，只想要女人按照他的生活轨迹走，这就叫作爱吗？

第二，他父母对你有什么看法，多数都是从他那里听来的，如果他不传可能造成误解的话，误解又怎么会产生呢？

爱包含着付出，也包含着尊重，而这恰恰是相互的。你这个男朋友，当初接受不了异地恋，现在接受不了你不跟着他走的意愿。在高中的时候你在他身边陪伴，他对你好。大学分开了，不能随时满足在他身边陪伴的需要，就分手了。他要在县级市，就不考虑你要不要在大城市；他勾勒一个美好的未来，你就不能提出异议。那我不禁要怀疑，所有在他生活中出现的事物，难道都仅仅只是为他而存在吗？一旦对方不能满足他的愿望或者带给他想要的便利，是否就该被踢出局？

两个人有不同的想法是太正常不过的事情，但是能不能尊重对方的想法，并发自内心地想要为对方好而愿意沟通、让步，这才是相处的关键。做不到，就别提什么未来。婚姻是需要强大包容力的，连在哪个城市生活双方的意见都僵持不下，那还怎么走下去？

这个世界上，总有些人喜欢打着爱的旗号来满足自己的狭隘需求，那是因为本性的自私，他们眼中只有自我，没有别人。

这种人并不少见，他们经常出现在被父母宠坏的独生子女家庭中。父母一切以子女为中心，养成了他们觉得别人为他做事是理所当然的心态。这样的人，多数不懂得关照他人和感恩。他从不考虑能够为对方、为彼此的将来做些什么，只想对方能不能为他做什么，能不能顺从他的意愿。他说别人的女朋友如何顺从，却看不到别人的男朋友也在付出。爱是相互的，为自己的未来做打算没什么错，但同样的，也要明白对方也是一个独立的个体，也有自己的喜好和梦想。

你们都在说未来，只不过说的都是自己想要的未来，而你们共同的未来有没有考虑过？两个人在一起，对方不是你未来里面的一个摆设，你想摆在哪个位置就摆在哪个位置。

爱一个人，是希望能看到她快乐，她快乐自己也感到快乐，而一味的索取不是爱。我不想宣扬什么女人应该独立自主，因为真的是人各有志。可就算是为了爱情而牺牲自己的事业和理想，那也该是心甘情愿的，觉得那个人值得自己这么去做。

一个真正的好男人，只对自己有要求，对女人是没有那么多苛刻要求的。跟不跟他走，是你的自由，他没有用他的真诚和魅力来打动你，是他的失败。当然，如果你能用你的魅力和真诚说服他，也算是一个大团圆的结局呢。

吴桐

和我，免使年少，光阴虚过

吴桐：

我和他从高一就在一起了，那是一次不经意的相撞，我们一见钟情。再后来，高考来了，阴差阳错，他去了哈工大，我去了武大。没想到接下来等着我们的是五年的异地恋。

刚开始我们谁也没有信心，总觉得就这样吧，说不定哪天就分了。但是一年一年过去了，我们竟然坚持了五年，每年见两三次面，写很多信，一直坚持到现在。就在我觉得我们会相守一辈子的时候，他突然提出了分手，我毫无心理准备。

他说对我已经不是爱情了，更像是亲情，说最近这一年跟我在一起感到挺累的，总是怕我生气，感觉我们就是在拖着结婚，拖到结婚就是胜利；说他其实想分手很久了，我根本给不了他想要的。我说我会改，他说他相信会有那么一个人是不需要我去改就可以很合适的。我还是不同意，我相信两个人的问题没有什么是不能解决的。最后他没办法了，只好承认他遇到了一个喜欢的女生，他们是在一个活动上认识的，那个女生是主持人，他说她有很多地方吸引他。比如，他和她说话不费劲儿，有很多时候都会不约而同地想到一起。星座也很搭，他是双子，她是天秤，她的穿着发型也都是他喜欢的。在我的强烈要求下，他给我看了一段他们的聊天记录。他说他事先没有告诉我有这个女生的存在，是因为他认为问题是出在我们两个人之间，而这个女生的出现，让他明白了我们不合适。

我想他可能只是一时的激情，我觉得还有挽回的可能，于是我请了假去哈尔滨找他，事先给他写好一封信，录好一段视频，然后突然出现在他面前，一直对他说不要分手。那个时候真的觉得没有他就不行了。他说你先听我说完，他说他从头想了一遍我们这几年，可能他从来就没有爱过我，可能只是因为感动，就像这次我给他的信就让他很感动一样。他说他跟我在一起的第一年是觉得有个女朋友挺新鲜的，第二年是因为他想告别处男，第三年第四年第五年是因为觉得要负责任，因为他自己是个优柔寡断的人，一直没有勇气结束这么多年的关系，如果不是这个女生的出现，他还是不敢作决定。

听他讲这一切的时候我很平静，没有哭也没有闹，然后就同意和平分手了。第二天我就坐火车走了，走之前看得出来他没有一点儿留恋，还有一些开心。

现在我们分手一个月了，有的时候还是会有些想不开，不知道自己在纠结什么。有的时候特别想搞清楚，他这五年是不是真的从来没有爱过我，想知道他到底值不值得我爱了五年。

我想听听你对他和对我们这段感情的看法，也许你不一定会回复，但是对我来说，在这封信中将这五年重新捋一遍，然后彻底和它说再见，也是好的。

谢谢！

一个纠结的人

一个纠结的人：

很认真地看完了你们的故事，五年的时光，从高一懵懂的一撞开始，撞开了你的青春。仔细想想，其实多美好。情窦初开时的悸动，还有互相写信的日子，那些青春时光是生命中最宝贵的回忆，你们都单纯得好像一捧水。

就像所有初恋的故事一样，那个年纪你们其实都不懂得爱情。只是生活突然向你们敞开了一扇大门，两个好奇的孩子手拉着手一起摸索着走进去，闯进一个又一个新奇而又有趣的房间。

你们，是一起成长的伙伴，是彼此青春的见证人，是生命中如挚友、如手足一样，可以分享秘密的那个很亲近的人。

其实你有没有想过，分居两地无法同步的日子，你们是不是都变化了很多？回首青春期的感情，是不是掺杂了太多的幻想在里面？

但是你要相信，这个男生算不上是坏人，在某种程度上他是真的把你当作了一个亲人。你们之间的问题就像他所说的一样，根本不是出现了背叛和出轨，而是问题出在你们两个人之间。

这么久以来，你好像从来都没有认真地思考过，你们之间的感情到底是不是爱情，还是只是习惯了有一个他，习惯了有这样一份感情存在。你们就好像一对在一起做游戏的玩伴，长大后终有一日，有人要被真正想要的东西吸引，然后各奔西东。仔细想想他说的话，你也不得不承认，他说的其实都是对的，只是你现在有点不愿意面对而已。

如果你有被骗的感觉，那么我要告诉你，这个男生从来没有骗过你。相反，他很相信你，也对你很坦诚。只是他一直在找一个合适的时机把想说的话说出口，因为他也不愿意伤害你。但是感情的问题，拖延其实就是最大的伤害，该面对的迟早都要面对，手起刀落是最好的办法。一个敢于面对自己、面对真相的人，是值得被原谅的。最终他没有推卸责任，也没有对不起任何人。你不知道在所有令人伤感的故事里，这已经有多么难得。

所以原谅他，就像原谅一个老朋友。这么多年你们一起走过，虽然结局难免让人怅然若失，但是这青春里有人陪伴的日子，从来都没有枉费。在那些长长的日子里，你们曾经是彼此的寄托和慰藉。你，其实应该感恩。

我知道现在你还有些想不开，不明白为何五年的时光都过去了，有一日他却告诉你爱上了别人。想不开这长长的青春时光，你守着一份“人生若只如初见”的美好，他却在最后的时刻，告诉你这一切都只是一场美丽的误会。

生活往往就是如此，它存在太多的变数，存在太多的可能性。但也正因为如此，我们才能经过时间的沉淀去伪存真。而你，也该有一次成长的蜕变。

不要去怪他，也不要再爱他。把那些耿耿于怀和不甘心的情绪统统丢到垃圾桶里。理解他的感受，原谅他的行为，感谢他为你做过的一切，祝福他以后的人生。

如果他给过你快乐，也给过你温情，那么这些就够了。如果他曾经是你最好的朋友，以后也将是你回忆青春时最有力的证据。不必在意那个所谓的“小三”，你们之间没有任何可比性，而且就算没有她，一样会有别人。

一场青春期的故事到今天才结束，你能做的就是坦然接受并面对。宽容一切并宽容自己，为自己的一段青春画上休止符。

若你问我这一切的意义在哪里，我会把柳永的那句词送给你：和我，免使年少，光阴虚过。

拥有过那些美丽的日子，已经是最好的结局。

吴桐

相濡以沫，还是相忘于江湖?

吴桐：

我有个感情问题，想跟你念叨一下。

简单地说，我不知道是否还应该跟他在一起。

复杂地说：

一、他对我的态度还算马马虎虎吧，比较能包容我（但随着时间递增，包容似乎在递减）。我们在一起总体还是开心的。

二、我们缺乏深度沟通。他性格有硬伤，比如：自信不够，专注不够，行事拖沓，抗压力弱。我想帮他，但尝试大半年了，成效不明显。

三、我有点累。他说他事业没弄好，总郁闷，但他又总弄不好。他也叫我相信他，多鼓励他，说一切都会好的。但也许他能力有限，仍无提高，行动力也不够，并因此影响到我们的感情。

我其实很想和他一起创造一个美好的未来，但他这样，让我有点灰心，扶又扶不起，弃之又不忍。如何是好？

薇

薇：

现在你的男朋友对于你来说，像不像一根鸡肋，食之无味，弃之又可惜？

我想，你可以假设这样一种情况：你已经花费了好几年的心血和精力，努力使他成为你想要的那个人，结果他还是老样子，甚至因为你对他的要求太多，给予的压力太大，反而变得叛逆和自暴自弃，你说往东他偏要往西，不光一事无成，简直还像一个混蛋。到了那一天，你会不会非常后悔没有早一天离开他？会不会懊恼自己在他的身上竟然浪费了那么多的精力和时间？

你现在心里有答案了吗？

是的，一段感情在最初的时候，都会寄予很多浪漫幻想。但是时间这个东西就是这么残酷，有一天激情退去，理智登场，你就会考虑得失，权衡利弊，你就会变得市侩和现实，因为你要生活在这个真枪实弹的社会里。

那都没关系，人性而已。但最重要的是，你想要的是什么？你想要医生，那么就去找医生；你想要书呆子，那么就去找书呆子；你想要一个事业有成的男人，那么就去找事业有成的男人。何必为难你的男朋友？你拼命的为难他，只是因为你找不到你想要的人，于是就霸道地想把身边的人努力变成那个人。可是，凭什么？他爱你，他为博你欢心而改变自己，但说到底他生到这个世界上来不是为你而设计的，他有权利按照自己的天性和意愿去生活。

在这个世界上，没有那么完美的事。一个人能给你爱的感觉，却未必可以给你安定的生活；一个人可以给你快乐的过程，却未必给你一个幸福的结局。做人可以有理想，但是不可以太贪心。最重要的是，既然清醒理智现实了，就索性更现实一些，假设一下如果把自己放到《非诚勿扰》的电视节目中，你可能会被什么样的人带走。然后再想想自己要成为什么样的人，想要遇到什么样的人。

写到这里，好像你已经跟你男朋友分手了似的。但是既然你已经能想到给我写信，就说明你心里已经对他有了预判，你也根本不是来请教我如何指导一个男人成为成功男人的，因为这个事情也许小的时候是他妈妈的责任，大了以后是他班主任的义务，但却不是你一个女朋友可以决定的。而且这个世界上也根本就没有“成功男人速成班”，所以也根本就不会有教材啦。

可是，还是让我来设想一个比较美好的结局吧。当你在心里百转千回描摹了一下你们未来的画面，发现即使一百年后他还是他，还是今天这个有些懦弱胆小、自信不够、专注不够、行事拖沓、抗压力弱的不够完美的男人，你还是愿意爱他，愿意守在他身边，每天碎碎念。而他呢，即使过了一百年也无法成为你想要的那种男人，也还是愿意为你默默努力，咬紧牙关，听你的唠叨一百年也不厌倦。那么恭喜你们，你们找到了生命中的真爱，这就是相濡以沫。

但是这样的概率，有多少呢？

所以，大多数的人才会相忘于江湖吧！

吴桐

轻视是最巧妙的报复

吴桐：

看了你的文章，里面解答了很多女生的感情困扰。我想，你是不是也能帮我解答一下心中的疑惑呢？

我在五月份的时候结束了一段感情，好像所有女生的困惑都是从分手那天开始的。前男友是我的同事，相处半年的时间，同居在一起，我很喜欢他。分手的打击对我来说实在太大，当时我苦苦挽留，但没有结果。哭完过后，找闺蜜聊天、看电影、购物、上网看帖，尽量转移注意力。

可接下来的日子很难熬，我们是同事，低头不见抬头见。我删掉了他的QQ、电话，尽量保持距离，我觉得自己在慢慢好起来。可是最近，也就是今天，我知道他喜欢上了一个处女座的女生，其实我心里明白，既然分手，这一天是迟早会来的，但我心里依然很难受、很憋屈、很堵得慌。我讨厌这样的感觉，它甚至比我们分手当日更让我难受。因为这意味着我将完全从他的生活中消失。有人说，分手后男人也许还会在某一刻想起你，可是当他重新投入到另一个女人的怀抱时，你就彻底消失了，连回忆都不会再有。

他现在就坐在我对面的格子间，我抬起头就能看得见。我好难过，心里感到一阵一阵的疼。

我该怎么办？希望你能给我一些建议。

子规啼

子规啼：

很多公司有明文规定禁止办公室恋情，这其实是有道理的。俗话说得好，兔子不吃窝边草。有时候并不是窝边草不好吃，而是当有一天“窝边草”成为过去式，问题就来了。

你的问题还好说，至少你们只是同事，从此装作陌生人，老死不相往来也可以。有些在朋友圈里谈恋爱的人，要么就是把朋友最后都谈成了“一家人”，要么就是谈来谈去朋友寥寥无几。

你现在的问题，最糟心的地方在于，分手是他主动提出的，而你是被放弃的那一方。就算不是低头不见抬头见的同事，你也一样会关心他的一举一动。每天通过网络看他都在干些什么，又交往了什么样的女人。好吧，遗忘是需要时间的，幸好你也在慢慢好起来，但是他若无其事地重新坠入爱河，又一次深深地刺痛了你，让你如坠深渊。

如果你现在离开这家公司去换一个新的环境，对你来说成本是不是太高了？如果你在这家公司做得好好的，又处在事业的稳步上升期，那么为这样一个始乱终弃的男人放弃你现有的一切，代价会不会太大了？如果你仅仅只是因为每天见到他所以才会胡思乱想，只要不见他就能解决问题，而且换工作的代价并不那么高昂，那么你其实可以考虑重新投份简历。

想要真正放下他，其实只有一种方法，那就是比他过得更好。只有比他过得更好，才能让你无视被他抛弃这一事实。当你坐在格子间里偷偷观察他的一举一动的时候，你其实更应该摆一面镜子，看看镜子里的自己。这一刻的心神不宁是不是让你少了几分神采，多了几分焦虑？这一刻的你是不是又开始阴云密布，掩盖了本来属于你的优雅淡定？

当爱已成往事的时候，最好能做的就是迅速找回自己，找回一个更好的自己。一段能被对方轻易放弃的感情其实真的算不了什么，何必在遇到一个不懂得珍惜你的人之后，自己也开始不懂得珍惜自己？

请你，把目光从对面的格子间收回，好好关照自己。去买漂亮的裙子和高跟鞋吧，让自己每一天都神采奕奕，因为“今天”永远都是我们剩下的人生中最年轻的一天。去和朋友聚会、狂欢、K歌，好好享受生活和友谊吧。去认真思考你的策划方案，去跟客户更好地沟通，最大限度地开拓你的人生格局吧。如果可以，去看电影、去阅读、去参观各种展览，拓宽自己的视野，丰富自己的内心。

当你变得更好的时候，那个人生活得好不好才会变得微不足道，变得让你没时间去在意。然后有一天你会发现，你开始希望追求更好的人和更好的生活，你也值得拥有更好的人和更好的生活。而他，只是匆匆擦肩的一个过客而已。

不要让眼前这个男人蒙蔽了你的双眼，当两条线在一个点上交会之后，你就该奔向属于你更好的未来了。你可能没办法一下子就放下，那么起初的时候你可以装作放下和不在意，当你的注意力慢慢转移到自己身上的时候，总有一天你会发现，当下的你比所有的过往都重要。

最后，我要将一段精彩的话送给你：“要得到你想要的东西，装作贬低它们是个精明的方法。既然尘世万物不过是永恒事物的影子，它们也一样有影子的特点：你追它们，它们就逃离你；你逃离它们，它们就来追你。轻视是最巧妙的报复方式。有许多人，假如他们显赫的对手对他们置之不理，我们压根就不会知道他们。最好的报复就是遗忘，通过遗忘，他们被埋在卑贱的尘土里。”

人生如戏，全靠演技。祝你有一个精彩的人生！

吴桐

独角戏

吴桐：

我觉得他不爱我，甚至连那一点点喜欢也随着时间的推移在减少。我们相识在一个错误的时间、错误的地点。而错误的开始，也应该会有一个错误的结束。只是，我居然对这个即将到来的结束感到惶恐不安。这种折磨让我决定要远离他，然而片刻不到，我又会原谅和重新靠近他。这种感情我从来没有过。我不知道是在此之前爱得不够，还是这一次的爱因为知道结果而变得深刻。

也许兼而有之吧。

但此刻，我已痛不欲生。

虽然没有故事梗概，虽然文字完全表达的是模糊心情，还是期待姐姐可以在有空的时候给我回复，一字一句都可。

谢谢。

小静

小静：

有的时候，我们正是因为预感到了结局，才会爱得如此用力。可是谁都说不清楚，那些疼痛到底是为了给青春留一笔纪念，还是为了成全自己悲壮的爱情理想。

说来奇怪，女人，总是喜欢在心里编故事。故事一旦编得惊心动魄、荡气回肠，在现实里就需要找人来配合演一场，可到头来终归不过是一场独角戏。你爱得感天动地，对方不过是过客一位。况且，心里明明都是清楚的，已经预测到了故事走向，又何必在该结束的时候入戏太深无法抽离？换个角度想，也许本可以云淡风轻、两两相忘。

若要戏好看，演员理应卖力投入。剧情跌宕起伏，才够火辣劲爆。当初都是自己的选择，开机叫停都是自己切板，痛不欲生也是痛并快乐着，不然怎会恋恋不舍？

女人爱做导演，男人永远游离。女人只能自导自演了。

吴桐

有些事只适合用来怀念

吴桐：

我有一个谈了三年多的男友，彼此非常熟悉了解。由于性格问题，去年年底我选择了分手。互相伤害都挺深，也闹得很僵，一直认为完全放下了，但是昨天遇见他，突然很难过，回家还莫名其妙大哭了一场。我发现自己还是关心他的，很想知道他过得好不好。如果他过得好，甚至新交了女友，我心里才会好受一点。当然，这只是我的预想，也许他真的交了女友，没准我的心理会更复杂。

姐姐你说我这是怎么了？一直以为自己挺理智的，现在我突然怀疑自己当初的决定是不是正确的。或者，由于以前在一起的时间比较长，昨天见到他属于正常的心理反应？

芳芳

芳芳：

你说得没错，这些都属于正常反应。不光是你，我想很多人都遇到过类似的情景。就连我，也会在某个不经意的瞬间，突然变得多愁善感起来，听到一首歌，走过某条街，看到某些字句，都有可能会让我突然想起一个人，想起曾经在一起有过的那些开心或心酸的片段。

可是，我只把它归结为女人的经前综合征。因为，你再仔细想一下，如果让你们两个人真的重新在一起，你会愿意吗？即使你真的愿意，又会真的幸福吗？反正，我的答案都是否定的。

昨天，我在车里听到广播在放一首以前没听过的歌，歌词的大意是：即使我们是对的人，如今也只能遗憾地错过。我听了直摇头，写这个歌词的人，恐怕还是没有参透爱情的真谛。如果是对的人，怎么可能错过？除非，他出车祸了，或者被歹徒一棍子敲死了。否则，不能在一起的人，因为阴差阳错走到了一起，最终都会是一个“错”。

很久很久以前，我就坚持一个信念：那个最后能让我甘愿嫁给他，他也真心爱着我，我们能够一起白头的人，才是生命中对的人。其他的一切，不能说没有留恋，不能说没有付出过真感情，但是那些留恋和付出，那些在一起的相处，都是生命赠予我的一段经历罢了。深刻也好，疼痛也罢，都不过是为了成全今天的我们。

你有没有发现一个有趣的现象，我们以前读书的时候，从来没有觉得学校有什么好，只觉得老师死板、饭堂难吃、宿舍拥挤、课桌陈旧；当有一天我们离开学校，步入社会，竟突然开始怀念起读书的日子来，甚至觉得，那些教学楼，那些过道，那些上下课的铃声，那些操场上打球的身影，都那么让人难忘？

因为那时候的烦恼，对今天的你来说已经是云淡风轻。所以那时候的美好，便开始被放大起来。

有人说过：怀旧，不是因为那个时代有多好，而是因为那个时候你年轻。

每段失败的感情说到底，都有它不堪的一面。分开了，就说明那段感情有致命的缺憾。而每一个决定，也都一定有它的道理。旧情人这种东西，只适合用来怀念。再次面对的话，你可能会发现，曾经的不堪还是不堪，曾经的难忍还是难忍。你要不想让自己连这点美好的回忆都失去，就千万不要再联系，或者再发生任何交集。不然，连这点美好的回忆最后也会被无情的现实粉碎。

吴桐

爱是肯一起扑火的两只飞蛾

吴桐：

我想请你帮我做一个选择。

我有个很好很好的男性朋友，其实怎么说呢，我们两人的关系很像最近热播的《我可能不会爱你》里面的李大仁和程又青。

他一直对我很好很好，节日里总会送我礼物，给我惊喜，他还总会在我最伤心的时候出现，给我安慰。我们也有冷战，然后又和好，但是慢慢地我对他的要求变得越来越高，会经常对他发火。我和他性格实在太不合拍了，而且我接受不了他的道歉，觉得很假。但是过了几天，我又会跑去找他，然后我们再次和好如初，他也会继续关心我，我也继续依赖他。

然而，八月底他就要去美国了，过两年我也要去英国。所以我现在很纠结，不知道要不要真的跟他在一起。因为我认为不会再有人像他对我这么好了，但是他去了美国之后，我们也许就再也没有交集。我有一个在英国留学的姐姐说，出国以后肯定都会找新人的，因为那种在外漂泊的孤独是无法忍受的。我应该怎么办呢？我挺害怕的。

Sunny

Sunny：

作选择这件事情，没有人能帮得了你。有句话说得好，人生就是你所有选择的总和。可见选择多么重要。

生命中有些东西，它来则来，去则去，我们能够做的只有把握，却没办法左右。人、事、物都是如此。不如我给你讲一个故事，一个真实的、发生在我身边的故事。

大学一年级的时候，她被学校DV社邀请参加一个DV作品的拍摄，她认识了他。

后来，她该谈恋爱谈恋爱，该翘课翘课，偶尔在学校餐厅碰见他，他每次都很热情地跟她打招呼，偶尔还会邀请她一起吃饭。

一转眼，大二了。她在一段极其混乱荒唐的恋爱中浑浑噩噩，他得知一些传闻，不时找她谈心，开导她，像一个老朋友陪伴在她的身边。终于有一天，她分手了，大家都如释重负。那时她并没有开始喜欢他，只当他是一个普通的朋友。

他比她小两岁，笑起来很单纯。她一直都把他当成一个小弟弟。但是他不离不弃地出现在她的生活里，陪她逛街，晚上在电话里跟她聊天，请她吃饭，陪她喝酒，一起在午夜的操场上看星星，一起坐公交车去寺庙许愿。总之，他为她做了许多贴心的事情。

慢慢地，她开始有一点喜欢他了。但是他读的是2+2的学院，后面的两年是要出国读书的。而她呢，也是2+2，后面两年要去北京。所以，他们只是放肆地享受彼此的关心，谁都不说过分的话。

后来，她先忍不住，问他："你有没有喜欢我？"他说："我们还是比较适合做朋友。"她非常伤心，像失恋一样难过。她躲起来不见他，一个人喝闷酒，喝完了自己躲在厕所哭。放寒假了，一整个假期他们都没有再联系，她一直跟另一个男孩在一起。冷静了，想：真是昏了头，做朋友不好吗？于是假期结束，她调整好状态回到学校，又如常地面对他。

一天吃饭的时候，他突然说："其实，我也喜欢你。"她呆了一呆，有点回不过神来。他说："我其实也喜欢你，只是不想让你受伤。我要走的呀！"她茫然地说："那么，我们算什么呢？"他说："朋友吧。"

于是他们成了一对会拥抱、会牵手、会亲吻的朋友。她对他忽冷忽热、忽好忽坏，她总是怀疑他不是真的爱她，否则他怎么可以如此豁达、如此淡然地面对即将到来的离别？她经常莫名失落，极度情绪化，哪怕他说爱，她也仍是不信。

他临走之前的那个晚上，她终于放下了所有的伪装，抱着他痛哭。她知道，这辈子她再也不能拥有这个人了，再也不会有这个人的关爱，再也不会有这个人的陪伴，她彻彻底底地失去他了。

她心里一直怀着一股怨恨。曾经她偷偷地计划去他读书的地方读书，也早就跟妈妈商量好了。只是，她一直没有告诉他。因为，他从来没有说过要她跟他走。他也从来没有说过，我们努力在一起吧！于是，她心里一直都在揣测：这份感情在他的心里，也许只是一段插曲。

她一直都记得他临走前发的短信，他说：亲爱的，你想过我们的将来吗？她回：你呢？他说：想过，想了很久。她问：有结果吗？他说：没有。

因为这一句“没有”，她决定放手。

亲爱的，故事讲完了，现实就是这么残酷。如果那个人一早就已经做好了决定，那么除了放手，我们还能做什么？再痛，也要放手。

是的，也许你已经猜到了，这个女孩就是我。

我用了四年的时间才彻底走出这段感情。如今再回首，我只是心疼那个狠狠任性过的自己。可是我们谁都不是傻孩子，我们计算过代价，于是都选择了保留。我们爱得还是太过自私，太过世故。

你知道吗？我其实并不害怕异地恋，我只是害怕相爱的两个人不够坚定，不肯牺牲。我害怕人心输给了现实，即使在那现实还没有到来之前。

有人说，真正相爱的两个人，总能找到通向彼此的路。这句话我特别喜欢，可是现实生活中，大多数人还是选择了顾全大局。

我不知道一个人需要什么样的信念才能有勇气去为一场凶多吉少的爱情牺牲，但我想，一定有那样的人，一定有。只不过，你们碰到彼此的概率，犹如彗星撞地球。

如果，你现在心里已经预见到了结局，那么不要去做，因为那结局，比你想象的还要痛得多。

对我来说，爱应该是肯一起扑火的两只飞蛾，是一起冒险跳过悬崖的两只小兽。一只，总归是悲剧。

吴桐

转角遇到爱

吴桐：

我和我男朋友是异地，虽然在一起才一年多，可他是我的第一个男人。

他是一个很好的人，不会在感情里对不起我，就是太听家人的话。他父母很难接受我是外地人，现在他妈妈逼着他去相亲。我说我可以考研去辽宁，他说这是我和他妈妈同时在逼他。他真的受不了，他不能牺牲他妈妈，他只能牺牲我。他还说他的结婚对象一定不会是我。我问他为什么，他说他也说不清楚。这几天他都没有联系我，我打电话给他，他也不接，说他父母在家不方便接电话。我真的好憋气啊，已经几天吃不下任何东西。

我不舍得看着他难受，不想逼他，不想为难他。可是我真的舍不得和他分开。姐姐，我该怎么办？

小妹妹

小妹妹：

既然你喊我一声姐姐，我就有必要以一个姐姐的身份先教育你一下。

姑娘啊，你大学都毕业了，怎么连男人说的话是借口还是真心话都分辨不出来？这么烂的托词你都信，连他的结婚对象一定不会是你，这么直白的话都说出来了，那分明就是在告诉你，“不管怎么样，我都不会和你在一起了”，你还在纠结什么？

蔡澜曾经说过：“所有感情的烦恼，都因为当事人爱得不够。你若爱他，不会遭遇第三者，不会分居两地，也不会认为爱上不该爱的人。诸多踌躇，均因爱他不够，爱自己更多。”这句话，完全适用于你的男朋友。听父母的话，那不过是借口。总之一句话：是的，他不爱你；是的，他变心了。

我知道这是你第一次爱上一个人，所以你把你们之间的感情想象得坚不可摧、无比美好，仿佛任何现实问题都阻挡不了你们的脚步。问题是，感情是要两个人一起付出，一个巴掌拍不响。

亲爱的，你有没有想过，你在一边不吃不喝、痛彻心扉、彻夜不眠的时候，他又在做什么？现在他的人生就要进入下一个阶段，显然他根本没有打算带上你。他连说清楚都做不到，只说明他现在觉得没办法面对你，他在逃避。事到如今，借口烂到连他自己都快找不出来了。

男人有一种通病，那就是做了亏心事以后又不想被别人当作坏人。他们擅长含混不清和死不认账，希望最好是女人自己领悟能力高超一点，识趣地走开。而且他们还会装出一副非常为难的样子，仿佛在迫不得已地做一个重大的抉择。其实他早就在心里有了答案，也早就预估好了你们的结局，你却还在幻想凭你一己之力力挽狂澜，那根本就是天方夜谭啊。

爱情是需要棋逢对手的，你愿意为他或者他愿意为你，都不是最好的结局。在最好的爱情中，你们的爱应该是对等的，你们都愿意为对方付出和牺牲。

我可以向你保证，只要你耐心等待，一定还会遇见一个人，他值得你爱，并且不会轻易辜负你的真心。现在你要做的事情就是好好准备考研，好好为你自己的未来打算，这打算当然不是去辽宁找他。然后，谁知道呢，希望在转角，遇到爱。

跟他，说拜拜。

吴桐

女人不是传宗接代的工具

吴桐：

我跟前男友是同学，本来我们是打算结婚的，可就在这个时候我生病了。当时以为是结石，结果是卵巢囊肿。医生说可能影响生育，建议动手术，结果开刀后发现只是炎症。不清楚是不是医疗事故，但是对生孩子有影响。医生建议我尽快结婚，可以试着怀孕，或者直接做试管婴儿。

我生病之后男朋友就对我变得冷淡了，前一段时间终于跟我分手。理由是他父母接受不了，父母让他跟我分手后找人相亲结婚。

结局已经这样了，身体上的伤害，心理上的伤害，真的让我有点无所适从，特别是害怕看到父母。我真不知道该怎么办了。

期待你的回复。

小爱

小爱：

中国有句古训，叫作“不孝有三，无后为大”。大家所理解的意思就是，作为儿女，最不孝顺的事情就是不能生个孩子延续香火。所以，首先你应该理解这个男人的父母为什么会这么介意你的病。在他们眼中，娶媳妇最重要的是传宗接代。他们的目的很明确，儿子找的女人是谁不重要，能生孩子才最重要。

然而，孟子当初所说的这句话，并非为后人曲解的“不生孩子就是不孝”。“不孝有三，无后为大”是孟子在评价舜结婚时所说的，完整的原话是：“夫不孝有三，无后为大，舜不告而娶，为无后也，君子以为犹告也。”从原文里能看出，这里的“无后”，并不是指没有后代，而是指没有尽到后辈的责任。

事实上，最大的可悲不是他父母因传统思想拆散了你们一对鸳鸯爱侣，而是你这个没用的男朋友，他竟然不顾你们曾经有过的海誓山盟、花前月下，哪怕你们马上就要一起共赴婚姻殿堂，一旦发现你不能生孩子，他立刻甩手站到妈妈一边，点头听话并和你划清界限。

当然，如果你真心爱他，可能你一时也没办法像我这样，在把他看扁之后觉得他根本配不上你。但是，现在的事实是，他已经提出分手，而且是以一个你无法否认的理由。

但是现在，谁说你就一定不能怀孕呢？很可能，你因为这个病失去了一个男人，然后遇到一个并不介意你不能生育的人，你们欢欢喜喜进了洞房拜了天地，然后有一天你惊喜地发现，你怀孕了，而且还生了一对双胞胎！

当然，这只是我意淫出来的一个版本，但是谁又敢说这是不可能的呢？退一万步，就算他结婚了生娃了，而你真的无法生育了，那又怎么样？如果有一天一个男人告诉你，他不介意你的一切，他就是想要和你在一起，你说你还需费尽力气去怀疑他的爱吗？还需再去设置重重关卡考验他的真心吗？塞翁失马焉知非福，你看似失去了一些东西，但是其实，也许有一天你得到的比你失去的还要多。

另外，我觉得领养孩子也是一件很酷的事情。如果你看过《老友记》，里面的莫妮卡和钱德勒就因为双方体质不易受孕而领养了一个孩子，那么，不能生育根本就不应该成为夫妻两人感情不和的原因。

归根结底，你不必自卑，也不必从此一蹶不振，日子该怎么过就怎么过，也没必要对此遮遮掩掩。遇到谁，他若追求你，你就大大方方告诉他。能接受最好，不能接受趁早滚蛋。用这一条来考验男人，找到的会是一个不平凡的男人。谁说结婚就一定要有孩子，丁克家庭没听说过吗？

以后好好保护自己的身体，定期去做体检。记得什么时候都要好好对自己。

祝你幸福快乐！

吴桐

“提醒”是给爱一个机会

吴桐：

我是研二的学生，二十四岁，我男朋友是和我同学院的老师，博士，年龄比我大几岁，去年来这学校任教。我们已经相处了大半年，感情还不错，我们彼此都是真正意义上的初恋。

他属于那种典型的书呆子，最大的兴趣是写论文，社交比较少，接触的女性也不多，基本上不太会讨女生喜欢。他为我做的事情很少，从来没送过我任何东西，这一点让我很不舒服。

我们平时在一起讨论学术问题比较多，对一些社会现象的认知一致，可以说我们是一定程度上的灵魂伴侣。

我们也有过身体上的亲密接触，但不太和谐，原因是他不太行，而我还未完全开发。

当然，这个并不影响我对他的感情，我只是觉得他对我的感情和关心都是后知后觉型的，总是在我抱怨他不关心我时，才恍然大悟觉得亏欠了我。但即便这样，下一次他依然照样，所以我现在很失望，也很迷茫。不知是他潜心做学术没把心思放在其他事情上面，还是他不是真的爱我，至少爱我不够？

现在困扰我的一个问题是，我感觉自己得了妇科病，为此我很着急。我怕子宫出了问题以后影响生育。他这几天对我提出那方面的要求，我都拒绝了，迫不得已告诉他实情，我表示自己很担心，要去医院检查。原以为他也会很担心，结果他的态度不冷不热，说那就尽早去吧。我说我过几天再去，其实我很想说我现在没有钱了。

我确实没有钱了，现在这形势，去医院少则几百多则一千不止。本来想和工作了的同学借点，但又拉不下脸面，因为我这段时间闭关写论文，和好友断了联系，突然找别人借钱感觉太势利。

思来想去，我还是想和他说，但我真怕一说到钱的事就会搞得很尴尬。再者，像他这样从不过问我有没有钱的人，我和他说这个有意思么？这就是我的困惑所在。

我该怎么办？你能给我好的建议吗？急切期待你的回复！

天山童姥

天山童姥：

对于你们学术派的人，我真是又爱又恨。爱的是你们做任何事情都能找到理论依据，恨的是一旦面对现实问题你们往往又处理得一塌糊涂。

先来说一下你的身体问题，最好去正规医院做一个详细的检查，你可以要求男友陪同，趁机给他普及一点妇科知识。

解决了身体上的问题，再来说说你这个学术型的男朋友。因为你们两位以前都没有谈过恋爱，所以在处理问题时显得比较不成熟，这也正常。但是没谈过恋爱并不等同于不知道怎么谈恋爱，爱一个人的方式可能各有不同，但是爱一个人的感觉是不需要教的。

最简单的就是，如果你真的喜欢一个人，会控制不住地想要关心他，从生活到思想，但凡跟他有关系，你都会特别注意。他如果没有特别注意到你的感受和心理活动，可能是他真的不太懂得用怎样的方式去对待女朋友，这样的男人木讷迂腐不体贴，但有些人是无心的，只是情商天生比较低罢了，那么建议你直接提醒他。比如你去做检查这件事，可以直接跟他提出自己的经济能力不够，看他有何反应。如果他立刻说没事他会帮助你，说明他之前只是因为白痴而忽略了这个问题。如果他装死、装没听见、装跟他没关系，你就可以完全理直气壮地发脾气大骂他是个混蛋了。当然，你也可以保持优雅，笑笑走开，让他哪里来的就死回哪里去！他不仅不爱你，他连个男人都算不上。

记住，如果一个人真正爱你，他没意识到的事情，不要害怕提醒他。提醒，是给一个机会让他表达爱。而且一个真正爱你的人是会感激你的提醒，并且会尽力去做好的。我们看到的很多好男人，其实并不是天生的，而是女人们手把手教出来的。所以这就是为什么男人在人到中年以后反倒更有性格魅力。

如果你的暗示、明示都不能让一个男人做出丝毫改变，那么不是他不懂，而是他不愿意，他根本就是自私到对你无所谓。那么，还玩什么呢？谁需要跟一个性无能又爱无能的人玩精神层次呢？让他自己玩去好了。

祝你早日康复！

吴桐

迷糊女的困惑

吴桐：

我是一个没有多少感情经历的大龄女，前段时间突然有个男生追求我，其实我对他不是很来电，但是因为我很迷糊，而他追我的速度又很快，导致现在我跟他的发展就差最后一步了。

我们之间唯一的问题是，我们出去吃饭都是AA制。虽然我们都在国外，但他出来也没几年，思维方式还是中国传统式的，所以我想不通这是为什么。当然，他现在的收入比较低，还要贴补家里，但偶尔出来吃个饭，其实一点都不贵，但最后付账的时候他总是很自然地各付各。在最初交往的时候，他也请过我，后来我好像表示过想要两个人算得清楚之类的话，难道是因为我当初的这句话造成的？

我不知道要不要继续跟这个男生发展下去，我们欣赏的事物以及思维方式都很不一样，加上吃饭都是AA制，这让我很难接受。

迷糊女

迷糊女：

有人说，一个男人给你花钱并不一定就代表他爱你，但是不给你花钱，只能说明他不爱你。

当然，这种论调未免太过极端，其实也要因人而异。比如也有那种天生就很节俭的人，你看有些男人对自己抠门得要死，一件T恤穿足五年八年，去超市购物总是在同类商品里挑最便宜的，连一日三餐都恨不得缩减成一餐，但是他们也可以为一场球赛倾尽所有积蓄，为一款新电脑大出血。这说明，就算在“小气鬼”的价值观里，也有值得他们出大价钱的东西，不然你觉得他们节衣缩食是为了啥？

至于你的这个男朋友，在我看来有几种可能：一、这个男人有做“软饭男”的潜质，因为家境不是很好，所以在金钱上习惯了小气，而且一向不太在乎面子，和朋友在一起可能也是别人买单的情况比较多。二、情商太低，听你说要分清楚就真的分清楚，这不能说他人品不好，反而这种有点不懂得迎合女孩子心思的男生，恰恰可能对感情表现得最纯真最忠诚。三、做人太实际，在女生未完全追到手的时候觉得多花一分钱都是不值得的，而且最好是能将任何事情的成本都降到最低。

至于他究竟属于哪一种，就要你自己去观察了，我觉得第二种的可能性不大。话说回来，我看你在对待你们关系的态度上总是犹犹豫豫，看他表现得也不怎么样，你俩分明更像是一对好朋友嘛！你确定你没有会错人家男生的意？你确定你就是他的唯一选择？你确定你不是他填补感情空白的暧昧对象？

在正常情况下，对一件东西的喜爱程度往往决定了那件东西在他心中的价值。一个男人为追一个女人能做出多大的努力，其实在某种程度上也代表了他多想得到这个女人。当然，到手之后立马打折扣的例子也数不胜数，但我只说在恋爱前期，一个男人为得到一个喜欢的女人一定会使出浑身解数，甚至不择手段。所以，我对你的这个男朋友，其实没什么想说的。

“迷糊”这种事情，到最后多数是迷糊自己。做人不光要擦亮眼睛，还要有点原则。不知道自己想要什么没关系，至少要知道自己不要什么吧，对不对？

吴桐

迷糊女的困惑之水落石出

吴桐：

谢谢你的回复，我现在确定他是第三种男人了。

因为这一周发生了很狗血的事情，虽然朋友极力安慰我，但我还是很难受。

上周的一天我去见他，发现他在QQ上跟一个女生聊天，内容牵扯到另一个女生，我当时就觉得不对劲，询问详情，他却找理由敷衍我。因为我的直觉一直比较准，经过一番查证，最终弄清了真相。

一个月前他开始在网上找女生，都是我们一个群里的，还同时找了两个。现在我们三个女生互加了QQ，她俩也把聊天记录给我看了，内容相当地肉麻。我当天夜里就打电话跟他摊牌，他看我知道了一切也就招了。气就气在他对其中一个女生说想跟我分手，当我真要跟他分手时，他却请求我再给他一次机会，让他向我赔罪，但我还是狠下心跟他分手了。

到现在我都不相信我的第一次恋爱会这么狗血，没想到会碰上这么一个极品。但是，我还是想不通他为什么要背着我做这些事。

另外，我还想知道，如果我当初对他体贴一点，他还会做这样的事吗？他一直试图得到我，但是每次快要发生的时候我都拒绝了他，可能这也是令他郁闷的一件事。或者就是他根本不曾爱过我，所谓的要娶我之类的话都是骗人的。

其实我真的好想知道他的真实想法，很想当面向他问个清楚，但事情发展到这个地步，我真的不知道该如何面对他了。

迷糊女

迷糊女：

你遇到了一个感情肤浅幼稚、行为又很低级的男生，你该做的是自己回家好好把这些乱七八糟的人和事都冲进马桶，再用洁厕液消消毒，好好彻底清洗。

眼下你情绪低落，如果是因为自己遇人不淑还情有可原，如果是因为觉得自己做得不够好才导致他脚踩三只船，那简直就是莫名其妙。

你干吗不肯面对呢？干吗不愿意承认自己遇到的人就是没把你当盘正菜？他就是想和你上床，不上，他就不愿当真，上了，也未必就会当真。面对这个很难吗？是因为觉得面对之后太伤自尊？其实完全不必，他是这样的一个人又不是你的错，又不是因为你不够好，完全只因为他就是这样的人而已。为什么女人在遇到混蛋的时候，总会先想到是自己的错？这是内心善良吗？不，这是一种病态。

不必为他找借口，你又不是他妈妈，难道还要为他的人品养成负责？你又不是他妻子，凭什么还要为他的不忠找理由？他连追你的时候都可以三心二意，原因就是没有得到你的身体。因为觉得未来不确定，就任何时候都要AA制。你觉得这个理由听起来合情合理吗？你觉得这个理由成立吗？如果全世界的男人都这样，不能确定关系就不付出，不能上床就不花钱，还动辄就要同时勾搭好几个，这叫什么？这不叫爱情，这叫交易，这叫把感情当儿戏。他以为他在菜市场买菜呢，买根葱都不能吃亏，还想讨价还价？

他把你当根葱，你又何必鸟他这瓣蒜？

就算某一天他选择了其中一位做固定女友，放弃了另外两位，那也无法抹去他人品的肤浅。

在这里我必须告诉你，有的男人就是这样，广泛撒网，玩自以为是的小聪明，尊崇能吃则吃的原则，除非有一天他们遇到一个真正让他动心的女人。

千万不要因为不甘心而衍生出还想跟他继续玩一玩的心理，到头来你只是在用宝贵的时间和身体验证一个混蛋的底线在哪里。你退出乱局冷眼旁观，连多余的话都不必同他讲，他那些小伎俩可以被你看在眼里记在心里，岂不是更有趣？

最后告诉自己：好男人大把，他连边儿都沾不上，更不配拥有你。

祝你冷眼旁观得开心！

吴桐

任何只以上床
为目的的暧昧都是耍流氓

吴桐：

我遇到困扰了。我和我们学校的一个辅导员正在暧昧中，可以说是他先喜欢我，但是现在我已经有点离不开他了。他一直不愿承认我，两年了，中途我放弃过这场令我痛苦万分的不伦之恋，后来发现自己根本无法释怀，所以当他再来找我时，我又陷进去了。

最近一次他跟我谈心时说，一直对我有感觉，但是现在学校里没有办法接触，不知道接触以后会是什么样子，所以只有等以后再说。我问他要是我在这段时间有其他喜欢的人了该怎么办，他说那就随缘吧。我知道他只是想跟我暧昧，我也知道我跟他不会有结果，但我就是控制不住自己，我还是有幻想的。

另外，他不经常找我，找我就是想跟我上床，反正想动手动脚的。但我一直拒绝他，我是处女，又没谈过恋爱。还有，因为之前我们的事传得沸沸扬扬，所以现在很少见面了，周末放假他也不会再来找我。

请姐姐给点建议，我真的不知道该怎么办。放手吧，还在学校，还会有接触，我不可能放得下的。继续这种憋屈的暧昧吧，他又经常不理我，自己特别累。

悦悦

悦悦：

送你一句话：任何只以上床为目的的暧昧都是耍流氓。

除此之外，我真的不知道该说什么好。恋爱经历少的女孩子真的都是1/2个白痴，对此我深有感触。我也理解为什么一些家长经常会替女孩担心，那些担心真的一点都不是多余的。我现在也觉得男人都应该生个女儿，让他们感受一下，他们的女儿若到了青春期开始偷偷摸摸跟混蛋约会，他们是怎么个心力交瘁的感觉。

你之所以还对他藕断丝连，是因为你情窦初开对感情懵懵懂懂，对一切都还充满好奇和期待，况且偷偷摸摸的地下情也让人觉得刺激，但这根本不是爱。等你哪天真正遇到了一个好男孩，他生怕不能和你有未来，生怕你找了别人，那才是对你的爱。

你这个辅导员每次跟你在一起除了耍流氓，我没看出他对你还有别的兴趣。反正他无牵无挂的，在学校每天装装人之后就无所事事了，不调戏小女孩就他还能有什么其他的娱乐？不过他也懂得避嫌，因为泡个女学生就丢了饭碗那可是得不偿失，他的饭碗可远比你重要得多。饭碗保住了，想要多少个你这种白痴小女生都可以。饭碗要是没了，出去跟人开房都没钱买单，那还混个屁啊！

要我说，你要是实在觉得大学生活无趣，干脆就把他当成个茶余饭后休闲娱乐排解寂寞的对象，偶尔发个短信逗逗乐子，既然他是辅导员，你就让他物尽其用，就当是辅导自己的课外生活，跟他来场斗智斗勇的暧昧游戏，以此了解一下男人这种动物好了。不过脑子要放聪明一点，别让人家把你给套进去了。

但我看你现在这架势，也真的不是什么特别聪明的女孩。他明明就是一个大灰狼，你非要扮演小白兔，你这不是找死吗？你得先确保和一只狼始终隔着一个笼子的距离，那笼子就是你俩别再有更深层次的身体接触了。不然他吃干抹净之后，可是要拍拍屁股走人的。到时候你可别哭天抹泪地说：我一片深情换来的不过是你的一夜情。

我认为，最好的成长不是边受伤边哭着爬起来，而是在看到无数前人倒下的时候，知道这是个坑，然后自己可以绕过去。据我所知，女人是天生的圣母玛利亚，她们往往会偏执地认为，小马过河的故事就是告诉我们凡事一定要亲力亲为；不撞南墙不死心的寓意是，我一定是那个能将南墙撞翻的人。你看多少女人每天鬼哭狼嚎地冲着火坑往里纵身飞跃啊，那壮烈得跟飞蛾扑火似的姿态，她们叫“惨绿青春”。所以我就说，影视作品、文艺小说害死人！

爱情是美好的，但前提是，那真的是一场美好的爱情经历。乱搞绝对不包括在内，有目的性的暧昧也不是。

虽然有人说，最好的时光，就是知道总有一天要与对方上床，但是还没有与对方上床的那一段日子。但这个前提也是两个人真心真意想搞到一起去，你爱他，他爱你，你们希望天地间只有你们两个人，流言蜚语或别人的目光根本无法撼动你们的一丝一毫。因为真的爱，会让彼此充满勇气。

何必心急，何不把最好的自己留给最值得的人？你终会遇到你的爱情，只是时间早晚而已。

吴桐

敬个礼，握握手，你是我的好朋友！再见！

吴桐：

你好！

我和我男朋友分手已经两个月了，这期间我们谁也不联系对方，但我其实还是没有放下他。

他是我第一个喜欢的人，我们好了也就半年时间，他喜欢平淡，不懂浪漫，可以说就是块木头，但他绝对是个有责任心和上进心的人。

我不是那种小女生，朋友说还有点强势，其实我觉得我俩对待感情都是很单纯的，分得也很干脆。

可是，我还想联系他，我一直克制自己。

你觉得我该怎么办？

萌萌

萌萌：

凉拌。

不知小姐你今年芳龄几何，按照你信中叙事口吻来看，你应该年纪不大。你年纪轻轻不好好学习搞什么早恋啊！想不明白就谈恋爱也就算了，想不明白就分手，分了又想再联系，这来来回回其实就是因为生活够无聊的。

你想要什么样的浪漫？韩剧日剧，还是言情小说的桥段？好好盖上被子睡一觉，梦里统统可以实现。

第一个喜欢的人又怎样？第一个喜欢的人最不值钱了，因为有一天你会喜欢上第二个、第三个、第四个、第五个，到那天你就会明白：哦，原来初恋时我们不懂爱情，那也就是找个好朋友扮场家家酒。

至于联系不联系，也不必太认真，要是在同一个城市或者你们之间有很多共同的朋友，你们早晚还是会联系的。但是想好了，联系完干吗？也不过就是“敬个礼，握握手，你是我的好朋友！再见！”

吴桐

别不拿自己当小三

吴桐：

你好，我想告诉你我的故事。

大三的时候，我认识了一个男人，三十岁，一米八六，很英俊。他最初也是被我的外貌吸引，想和我发生关系，后来我们真的发生了关系（确切点说，这是你情我愿的事，我不滥交，但对这个人确实非常有好感）。

我们一个月见了几次，他对我越来越好。他说最初确实是被我的外貌吸引，但是渐渐地他发现自己爱上了我。认识我的时候他说自己有个交往四年的女友。最初的我，说实话没把这人太放心上，不过是图他帅、温柔。我猜测他也是图我年轻、漂亮。后来，他越来越想完全占有我的生活，做了很多疯狂的事（比如，我不接他电话，他就在我家楼下等到凌晨三点多钟）。

后来我大四，我们之间闹过几次分手。总之，像一切恋爱中的男女，搞得有点神经兮兮。我一直在纠结他不和他女友分手，从最初的不介意，到希望他们分手。但是，潜意识里面，我又似乎从来没有爱上过他。我知道他有很多优点，但感觉就是差点儿什么。当然，后来他还是向他女友提出了分手，他女友吞安眠药了。我们的关系顿时僵化，他才告诉我那是他老婆，他们已经结婚了。我当时就愣住了。

后来大四毕业，我到国外读书，他始终关注我的状况，我和他一直也没断了联系。我在国外交了个男友，被他知道了，他很愤怒，跟我赌气了一段时间。然后今年八月的时候，他突然向我求婚了。他说自己从来没这样爱过一个女人，他对他老婆是由怜生爱，对我是从一见钟情到完全不能自已。我就答应了他。

结果，九月的时候，他与家里谈了离婚的事。他母亲希望我十月份回去见一面。过了几天，他对我说抱歉，说他离婚有困难。我说你要想离没什么难的，我允许你把所有钱给你老婆，包括房子。他说事情没那么简单。我突然明白了，我说你是不是有孩子了？他说是，女儿两岁半。我瞬间就崩溃了。

被以爱之名一骗再骗，第一次骗我没结婚，第二次骗我没小孩。他一直说他害怕失去我，所以不知道怎么开口提这些事，从最初认识拖着没说实话，到后来爱情渐深，实话更说不出口了。我真是懵了，但是他始终不放弃，说要离婚娶我。

这个男人，对我好，在他能力范围之内，已经算对我很好了。但是我家里条件不差，我父母不会同意我嫁个离婚有女儿的男人的。

亲爱的吴桐，这是一场爱与现实的较量。我跟了他，过的会是普通偏上一点点的日子。况且我在担心，这样的爱会不会持久。另外非常担心的是，他不会不管他老婆孩子的，这样我以后的生活会很尴尬。

我贪恋他对我的爱，贪恋我们的高度契合，可是又放不下对现实和以后的担忧，下不了嫁给他的决心。

这个人，我该不该嫁？真的非常想听一听你的意见。另外，我可否申请个VIP服务，你给我回个三言两语，我就非常感激了。

歌歌

歌歌：

既然申请VIP，就给你个快速通道。

第一，你那个总感觉差了点儿什么，其实就是差很多，因为你觉得这个男人不配做你的老公，只不过你俩拖了很多年又“高度契合”，如果我没理解错，这个“高度契合”你指的是床上吧？他又对你生难离死难舍的样子，你被满足的其实是虚荣心。但是结婚嫁人不是单单满足虚荣心就可以了，这个后面你自己已经长篇大论分析过，所以你其实已经明白了他不合格。

第二，他女儿两岁半？看来他和他老婆的感情没完全破裂啊！他这边跟你难舍难分的时候，那边不是还在继续跟他老婆上床孕育结晶吗？

第三，这男人对你肯定是有感情的，但是这感情里面掺杂了太多的征服欲，越不能完全得到就越想得到。他在他老婆那里得到的全是温柔顺从，他不满足，所以在你身上寻找额外的刺激。他楼下等你到凌晨，你以为那是为了你？那是在满足他自个儿上演的狗血剧情呢！

你这男朋友，多少有点戏剧性人格，他本不是个靠谱的主儿，还偏喜欢扮“山无棱天地合”！你以前年轻爱跟着演电视剧我理解，现在都老大不小的了，还跟着往屎坑跳惹一身臊又是图什么呢？

可以说你其实不够爱他，你清楚以你的条件可以找到更好的男人，清清白白重新开始。你也清楚若继续跟着他混，根本就是降低你的身份。你更加不想当坏人，让人以为你是第三者破坏别人家庭。

但是，一个因你离婚的男人，什么时候他老婆、他女儿甚至他妈都会把你当成第三者狐狸精。当然，你要是真爱他，爱到那个份上了也就不会写信给我。你左右掂量了一下，觉得好像还是有点不值，可是特别值或者特别爱的那个人又还没有出现，所以你急啊！他一时半会儿离不了，你就更急。

女人的青春宝贵我知道，但我更知道，蹉跎在错误的人身上，一辈子都毁了。你放着大好人生不过，以前是你年幼无知，现在是你在犯浑。他明明一路上演陈世美，然后还非要摆出天若有情的造型；你明明爱自己又现实，还非要扮演我等你等到海枯石烂！这有意思吗？

是的，你自视甚高，而且就是想嫁个与自己更般配的人，那就奔着目标前进吧！这不是错，但千万别不拿自己当小三。

吴桐

不能和他在一起好遗憾啊！

吴桐：

最近总是被一段心事缠绕，所以想请你分析一下，给点建议。

事情是从两年前开始的，我跟他是同学，当时我觉得与他的相识真的很有缘分。最初对他感觉一般，也不知道从什么时候开始突然就有感觉了，然而正是因为喜欢，我反而有些不自在，有意对他冷淡，加上那时候觉得时机不对，不想开始一段感情，于是暗自纠结。

我一直没有主动过，因为我不知道他对我究竟是怎么看的。有的时候我觉得他对我是有意思的，譬如当我独自一人去超市的时候，他也会跟过来，还有其他的一些事情也让我觉得他也许是想对我暗示什么。但问题是我们作为同学那么久，他从来没有主动要过我的QQ号或是邮箱等联系方式，所以我觉得，也许一直以来都是我在自作多情吧！

最后一学期，几次在路上遇见都只是淡淡地打个招呼，还有几次感觉他故意走到我身边，但我当时有些刻意回避，可能是因为知道他已经交了女朋友吧。

那之后我花了很长时间才平复自己，但是最近突然很想他，很想知道他的一切，但又害怕他已经结婚。可能因为遗憾太多，所以这个疙瘩一直缠绕在心里。

前几天，我通过其他方式得到了他的QQ，加了他已经两天，却一直没有回应，不知道他是不是已经忘了我。

CC

CC：

你给我写这封信，是属于日记吧？不然你想问我什么呢？你完全不需要别人回答，一个人自说自话就好了嘛。我在整封信里，就没看到问题，也不知道你想表达什么，如果你只是想和我分享一下你的暗恋故事，那我是不是听着就好了？不过，最该听这个故事的人其实不是我，而应该是那个男生吧？

你的故事呢，我完全理解，那种迂回宛转的、芳心悸动的小心思，在很早很早之前的学生时代，恐怕每个女生都有过。对象也许是同桌，也许是隔壁班的体育委员，也许是某个邻居家的哥哥。情节无一例外都是上演内心戏，结局无一例外都是无疾而终。

其实，喜欢在内心里过电影的小女生，需要的并不是跟那个人正儿八经地谈一场恋爱，说不定真的谈了，便会发现那个人其实跟想象中的相差很多。事实上，很多人在青春年少的时代，需要的只是对爱情故事的幻想。而那些幻想的蓝本中，总要有一个实际的对象出来充当男主角，于是后来发生了什么大家都看到了。

说到这里，我想你肯定也听过这样的故事吧？夫妻两个睡觉，妻子突然惊醒过来，气愤地甩一个大耳光把丈夫扇醒。丈夫被打得一个激灵，一脸惊悚地看着妻子。妻子破口大骂："混蛋，你竟敢出轨！"丈夫莫名其妙，委屈地大喊："我什么时候出轨了？"妻子字字珠玑地说："刚刚在我的梦里！"

你看，女人就是这样，往往喜欢把自己幻想的当成真，还要理直气壮地去兴师问罪，而男人最后可能完全丈二和尚摸不着头脑。还有一个笑话是这么说的：女孩子约了男孩子出来喝咖啡，然后低着头久久不语，终于男生沉不住气，问："你找我出来到底是有什么要紧事？"女生突然鼻子一酸，幽怨道出一句："我们还是分手吧！"男生表情顿时僵住了，支吾道："我们，我们什么时候在一起的？"

我觉得你和这个男生，怎么看，都只是朋友吧，而且还是最普通的那种。你要硬说他是因为害羞不好意思对你表白呢，我觉得也不是没这个可能，也许人家就是天生内向、羞涩清纯！你要偏觉得是因为自己冷若冰霜的样子令他胆怯了，我觉得这理由好歹也勉强成立，毕竟大家谁都不愿意表错情。然而，当你最后说到你对他保持冷淡是因为他已经有了女朋友的时候，我瞬间觉得这一切简直就是荒唐极了！

妹妹啊，你自己这是演的哪一出呢？就在你左猜右想他怎么还不快点来跟你表白的时候，人家明明忙活的就是别的女孩啊！是不是要等人家连孩子都生了，你还在思考为什么当时他没有问你要QQ号呢？这，这，这让人情何以堪！

我跟你明说了吧，男人都是很直白的，根本没你想象的那么复杂。说实话，你敏感的程度已经不亚于林妹妹，但是怎么就没看出来，那个男人对你其实根本一点都不来电呢？你觉得你和他之间好像是你来我往在暗送秋波，各怀心事在暗敲小鼓，其实都是你自己的一厢情愿罢了。

他要是真对你有意，就算不好意思明说，也早就找寻各种机会和你单独在一起了，找各种借口和你聊天谈心，找各种理由要去你的QQ号、手机号码，有事没事瞎献殷勤。这才是正常男人，懂吗？事实上，这些他当然都有做，只不过是对他自己的女朋友。

如今这事情也都过去一年了，这时候你突然出现加了他的QQ，人家凭什么要对你特别热络呢？没准儿那QQ现在不仅他在用，他女朋友偶尔也在用，那你是不是觉得自己更加悲催了？

前面已经说过，很多青春期的故事，后来也都是悄无声息无疾而终。不是被淡忘了，就是被其他人取代了。看来你的生活中一直没有出现新的人，所以你至今才对他难以忘怀。

其实你纠结的，不过就是，“万一他也喜欢过我呢？我们就这么错过了，是不是有点太遗憾了？”然而，就算你现在终于想明白了要鼓起勇气表白，其实也已经毫无意义了，很可能只会让那男人惊讶一下，外加得意一阵子罢了，没准儿会对你稍微热情一点，但那也只是因为你满足了他的虚荣心罢。也保不齐适得其反，你会直接被拉入黑名单，从此老死不相往来，以根绝后患。当然，这很有可能是在他女朋友逼迫下做出来的。不管哪种结果，你觉得对你有什么好处呢？

你现在唯一可以希望的，就是他和他女朋友已经分手，这时候你才可以研究下一步是不是可以乘虚而入和他“再续前缘”，不然，“三人行必有我师、三角恋必有一伤”的故事，听也听得多了，看也看得滥了，你也不愿意再上演一次狗血真人秀吧？

祝你好运！

吴桐

可以倒追吗?

吴桐:

我发现自己喜欢上了一个男孩，他是银行的职员，我只有每次去他那儿存钱的时候才会见到他。他做了三件事情让我很感动。第一件事情是，有一次存钱，他说我签名好看；第二件事情是，有一次我忘记了密码，本来只给三次机会尝试，而那一次他却让我试了很久，还在一旁提示；第三件事情是，有一次我的银行卡出现了问题，也是他让工作人员帮我处理的。

他是我喜欢的类型，板寸头、单眼皮，但那个时候他是有女朋友的，所以我从来也没乱想过。直到最近我听说他分手了，我才开始有所期待。但我从来不是主动的人，而且我觉得如果我主动了，就算在一起，他也不算真正的喜欢我。所以很纠结。

有时候我和他在路上碰到，对视，擦肩而过，随后又觉得后悔。其实之前身边有人认识他，向他提过要介绍我们认识。他的回复是刚失恋不想谈。他没那么喜欢我，而我却越来越想跟他在一起。还有就是我现在很想嫁人。姐姐你说我该怎么办？

灿灿

灿灿：

我觉得你的问题其实主要是在问：女人如何主动搭讪才能让男人上钩？其次才是纠结女人到底应不应该主动追求男人。不过不管我说应该还是不应该，你都还是会告诉我，你非常喜欢他，就是想跟他在一起，是吧？

这个问题就稍微有点棘手了，因为你们毕竟不是在酒吧认识的，也不是在夜店认识的，更不是在交友网站上认识的，所以，如果你问我光天化日之下如何勾搭一个有稳定工作的银行男职员，那我只能告诉你：搭讪这件事情是相当有技术难度的。

虽然俗话说，女追男，隔层纱，但是对于主动送上门的女孩子，男人一般是很难珍惜的，除非你是沉鱼落雁国色天香，那只要你对他们亲切一点，多给几个微笑，嗲嗲地多说几句话，多展现出仙女姐姐的一面，大多数男人就会乖乖就范。

但如果你只是普通女孩子一个，那最好不要展开猛烈攻势，比如，主动搭讪、找话题，甚至要电话号码什么的，估计人家只会把你当性骚扰。就算不当性骚扰，也当你是一盘得来非常没有成就感的免费赠菜，吃不吃全看胃口，吃过了也绝不会久久回味甚至想留下食谱。所以，怎么将主动变为被动，才是你现在要考虑的问题。

左思右想，你唯一的办法，也就是不停地去银行存钱了。三天一小存，五天一大存，不过这对你的经济要求比较高，去存钱或者取钱，手里或银行卡里总得有钱才行吧？如果你是像我这样的月光族，估计很难有毅力把钱留到最后。

当然，你也可能真的遇到了人生真爱，为了他你什么都愿意做，那还是建议你多找点借口。比如网银你有吗？没有就赶紧去找他办，有的话就去找他再办一次。银行卡密码你可以多忘几次，或者银行卡可以故意丢几次，再或者你就去问基金、问股票，总之你就抱着一颗虔诚的心，找各种理由麻烦他，让他帮你办业务，中途让自己表现得对他的工作有着无限的崇拜和好奇，也许到最后你虽然没和他建立情侣关系，却发现因为一颗好学的心而使自己在金融投资方面的知识有了很大的提高，没准儿还发掘出自己埋没多年的金融天分，然后炒股票炒基金大赚一笔。找不着老公却套着了金子，也算一件好事。

当然，你万万不可沉浸其中，炒股炒得不亦乐乎而忘记了初衷。你是来干吗的？哦对，你是要泡他才来的！千万不要用“我们可以交个朋友吗”这种二十世纪九十年代网易聊天室里土得掉渣的对白做开场，要用也要用“每次都麻烦你真是不好意思哦”这种从二十世纪九十年代延续至今的TVB电视剧经典对白做开场。然后就可随你的心情自由发挥了，他夸你的字好看，你也可以夸他的手表很漂亮嘛，或者问他是不是年纪比较小，年轻男人一般不会喜欢别人说自己看起来比较小，所以估计他十有八九会跟你搭上话。然后你可以解释他不是看起来小，只是看起来比其他人都更年轻有为，这时他的虚荣心估计会得到小小的满足。

总之，记得男人是需要有成就感的笨蛋，你转着弯儿夸他就对了，夸到他心花怒放，他自然就会巴不得你天天找他存钱，别说等你输几个密码，一高兴也许把自己的密码告诉你了也说不定。还有哦，记住搭讪的法宝之一就是多微笑，表现出你的和蔼可亲以及好脾气。

当然，这种事情成功的概率真不好说，毕竟还需要有个天时地利人和的成全。你要是临场紧张或者他心情不好，你们可能还是会没有进展。所以搭讪这件事情，首先你要知道它是非常不靠谱的，其次，女孩子做搭讪的主动方，就更加地不靠谱。并不是说完全不可行，只是一旦失败，你的伤亡会非常惨重。

所以，关于能不能倒追的问题，我一向是不支持女孩子倒追的，这主要是由男人和女人的生理特点决定的。男人的动物性就是狩猎和捕猎，你违背了他的动物性反扑他，就算扑住了，总有一天他也会挣脱你，去寻找自己真正想要的猎物。而且没有成就感的进食，对男人来说简直是不能容忍的乏味，男人这辈子要做的就是追到一个他最喜欢的女人。

除非你信誓旦旦地对我说，你就是遇到真爱了。不过真爱绝不是单方面的来电，而是一种只需要你一个眼神，对方就能感应到，并不自觉地向你靠拢的神奇磁场。

祝你早日找到合适的人。

吴桐

就是个冷笑话

吴桐：

最近在我身边发生了一件让我摸不着头脑的事情，所以想来请教一下您。

一个男孩和一个女孩在一起恋爱了差不多五年，当初是女孩追的男孩，但是这个男孩却说虽然在一起五年，他从来就没有爱过这个女孩，尽管他们还有肉体交流。

如果不爱一个人，怎么能坚持五年呢？怎么能把自己五年的大好青春浪费在一个不爱的女人身上呢？难道这个男人是变异体吗？

小笨笨

小笨笨：

莫说恋爱，就连结婚，也有不爱的两人在一起过一辈子的，你要说这个男人是变异体，那些人岂不成了外星人？

我也纳闷，没感情怎么可能在一起？就算可以不管对方的感受，又怎么过得了自己心里那一关？那样的人生得是多没要求、多能将就啊！

不过人的行为背后，一定有它的原因。那是什么呢？仔细想想，也不奇怪。在悲催寂寞的单身年代，能有一个鲜活的女性肉体陪伴在身边，简直就是所有宅男们的梦想。有这样的机会，当然不可轻易放过。在身体大过一切的大学时代，又何必管他爱与不爱？何况女孩子主动送上门，不接受简直天理不容！

不过，这哥们也挺没出息的，五年之间就一直都跟这一个女孩将就着、凑合着。

记得作家陆琪说："女孩子经常会有一些奇怪的想法，譬如'他肯定不会只想骗我上床，如果要上床的话，他不会随便找一个啊'。谁告诉你男人随便就能找到女人上床的？这世界上，让女人上床的方法通常只有四种：潜规则、嫖妓、买醉、谈恋爱。当一个男人没有权势，不想花钱又不太去夜店混的时候，就只能装恋爱来骗上床了。”

所以，现在你明白了吧？

曾有一个网络牛人提出一个有趣的假设：“也许别人拿你当A片使用了，你却拿人家当经典大片收藏。”

哪来的那么多辛酸故事、艺术人生，若真要深究背后的原因，也可能就是一个冷笑话。

吴桐

这！才！是！真！爱！

吴桐：

事情是这样的，一年前我跟我的老板在一次出差途中发生了关系，他说他喜欢我，我跟白痴一样感动得一塌糊涂。因为在这之前他在我生日的时候做过蛋糕给我吃，平时对我也很关照，在没有挑明关系之前，其实我们在情绪上已经有了给与受的暧昧情感，所以他才会在适当的时机说出这貌似惊人的话。

回到正常的工作中，我们又“热恋”了一阵子，说是热恋其实就是身体的热恋，他跟我说得很清楚，我们的关系只维持一年且应建立在不伤害他家庭的基础上，我默默地接受了，我以为我那是明事理、有胆量，但其实我是在饮鸩止渴，我远没有我想象的那么坚强。

身体的热恋还没过去，我就发现他在工作上有些刻意回避我，也许他是不想让人察觉到什么，但我的“小气”发作了。我开始恐慌，然后就自乱了阵脚，放大了自我的情绪，在内心里成了一个怨妇。我开始了无聊的闹剧，提出辞职。因为我需要他的选择，我需要听到他说他不愿意我走，愿意依着我，在事业上给我更大的平台。我是多么的自以为是啊！现在想想，我是把现实想得太简单，把自己想得太重要。

辞职后我很难过，因为那是一份我很喜欢的工作，直到现在都有很多人不懂我为什么要放弃它，但后悔也没有什么用，我只想在下一次遇到同样问题时，我能学会控制自己的情绪，不要把问题复杂化。

辞职后，我天真地以为我们之间的感情可以继续下去，他也那么觉得，但我们看待感情的角度是不一样的。他所谓的感情是身体的感情，我认为的感情是我的自以为是，我总幻想着一个男人可以为一个女人抛下一切。我们的关系就在这种误解中又继续了一段时间，一段只不过去他那里过几次性生活的时间。我觉得那样的感觉糟透了，但这所谓的“爱情”却又一直让我沉溺其中。

十一月份他老婆从澳洲回来，我们就断了来往。表面上我的生活过得很好，很开心，开始积极地相亲，但心里却是空落落的。直到来年二月份，他打电话给我，我激动得不得了，整个人立刻精神起来，我觉得他还是喜欢我的，放不下我的。之前我们都是在晚上见面，他也不说什么，只是做那个事，这让我很不舒服。我一直想跟他在白天见面，一起吃个饭、喝个茶、聊个天。所以当他白天打电话给我时，我以为他是终于读懂了我的心思，决定满足一次我的愿望。但，我失望了。我跟他说我没吃午饭，他就买了麦当劳到家里，都没在客厅招待我吃完就带我去了卧室，然后我们尴尬地在卧室里吃麦当劳，那种氛围我真是不想再经历第二次。我很想转头就走，但又想，既然来了也就意味着是想他了，那就委屈这一次吧，以后再不理他了。谁知委屈了这一次，委屈可就大了。

我意外地怀孕了，真是狗血得一塌糊涂。这是电视剧吗？不是。我觉得这是上天对我的惩罚。上天一次两次三次地放我离开，但我就是不离开，就是要回头回头回头，仿佛自己高尚得跟圣母玛利亚一样，爱得连带母爱都爱出来。

宝宝毫无疑问地拿掉了，我很伤心。之前我告诉了他，问他怎么办，他没有正面回答我，直到我说要去医院，他才说他会负责。他没能陪我去医院，也没来照顾我。刚手术完的第二天他说要来看我，但一直有事拖到夜里都没来，我就径直去了他家（狗血电视剧看多了），然后他把我劝了回去，第二天跟我谈了一会儿，给了我营养费，跟我诉了一下苦，然后就飞去韩国出差了。他觉得我没事，因为我表现得太“强悍”了，不顾刚做完手术的身体还能冲到他家，我这不怕死的精神事后真的让我自己都很惭愧。

情况就是这样。写到这儿我都不知道该问你什么了。

我反省我的种种，我觉得我是罪有应得，但我想惩罚那个男主角，他一直像神一样高高在上，我要怎么惩罚他呢？我走开，忘记他，过上幸福的生活就是对他最好的惩罚吗？

Joy

Joy：

在看到你来信的后半部分的时候，我几乎以为你是我认识的一个女孩，披着马甲跑到豆瓣上来找我了。但答案是肯定的，你不是她。因为她在和你经历了异常相似的伤痛之后，也和你一样抱着想要惩罚那个男人的幼稚想法，找到了那个男人的老婆，结果却被人家老婆优雅淡定又入心入骨地狠狠羞辱了一番，并且那男人就乖乖坐在他老婆身边，时不时还要硬着头皮赔笑。最后，她终于死心，远走他乡重新开始生活，洗心革面重新做人，重新恋爱了。

你至少还没蠢到最后这一步，也是不幸中的一点点万幸。

从某种程度来说，你还是太相信自己玩得起了，你太过自作聪明，也太高估了自己，最后落了个鸡飞蛋打的下场：工作玩丢了，尊严玩没了，身体玩毁了。

我承认，偷情的确很刺激，尤其跟一个小有成就的精英男士。要是哪一天能成功上位，那简直就是征服了人生的一座高山，只要想想就能爽到爆。但问题是，你到底哪来的这么强大的征服欲呢？强大到你非要搞定一个有家有室的男人，完全无视那男人只是把你当备胎的现实。

想象你坐在床边吃麦当劳，吃完赶紧干正事的场景，我就想到了前些日子在新加坡的大排档，看到很多妓女跟嫖客一起吃饭的场景。请别误会，我没有说你是妓女的意思，完全没有。那是因为，现在的嫖客可真是出乎我意料啊，我概念中的嫖客就是谈好价格开房办事，提上裤子把钱往床头一扔，头都不回就走掉的人。当然，这也是受很多电影剧情的影响，真正的嫖客我以前在生活中很少见到。

但是在新加坡，红灯区是合法的，所以嫖客妓女出双入对非常自然且正大光明。话说我那天在大排档吃饭，刚好对面就坐了一对，嫖客是一个新加坡老男人，秃顶大肚子，女人是越南小姐，浓妆艳抹穿戴俗气。但是，这一对明明只是肉体交易的男女，却搂在一起卿卿我我地吃晚餐。男人时不时温存体贴地给女孩子夹菜，还对她说，今晚我带你回家，明天我们去哪里哪里玩。我当时差点儿喷饭，这也太温情脉脉了，这也太颠覆常识了，这简直就是谈恋爱，谈到让世界充满爱嘛！

后来我仔细观察了一下，新加坡的嫖客们真的是看上去“有情有义”，一般都会和女孩子一起出来吃夜宵，也有很多看起来是熟客，没事还一起约会逛街。现在连肉体交易都要先培养感情，这个世界是多么“和谐”呀！说到这里，对不起，我不是骂你，我只是在陈述一个事实：根据你的描述，你的待遇也许还不如新加坡的一个妓女。

这不怪你，因为那男人段位比你高，高就高在他太知道自己要什么，多余的他一点不碰，也一点不给。而你太天真，你是真把自己当回事了，所以才会有那么多无理要求。然而，对那个男人来说，你根本只是一个备胎。

从头到尾，你每次试图“反转”的行动之后都只得到一个结果，简单用一个词来形容就是“灰溜溜”，难看极了呀！我就真不明白了，在一场注定没有赢面的牌局上，玩什么飞蛾扑火，那是太没有智慧的表现。真正有勇有谋的人，敢于冒险的同时也早就清楚什么叫止损，什么叫适可而止，懂吗？

所以，别再找理由了，人都是有私心的，你不舍的原因是你觉得他有钱、有能力，比你遇到的其他男人有魅力，并且已经主动送上门来了，肉体都互相给予了，怎么就不能更进一步，让一个男人上演为一个女人抛下一切的大戏？为什么不呢？为什么不呢？

因为你就是个备胎。谢谢。

如果你关注过我的微博，会发现其中有一条简直就是为你量身打造的："对，没错！就是那些强烈希望可以翻盘、坚信再咬牙挺一下，故事的格局就能够全面扭转的姑娘才最容易扮演圣母玛利亚的角色。她们能忍旁人所不能忍，无底线原谅对方，无视对方所有混蛋表现。她们要的，是更牛气的赢。当然，为使得自己看起来不是一个死磕的SB，她们的借口永远是：这才是真爱。"

这！才！是！真！爱！

吴桐

怎样才能不那么依赖一个人？

吴桐：

我想知道怎样才能不那么依赖一个人，在他对自己没那么关心后，也依然能够从容面对？

就像是原本对某个人的心理需求只有那么一点点，后来他给的又那么多，把你的胃口撑大了，以后慢慢地他给的又没有之前那么多了。所以，我要怎么做，才能在别人对我好的时候，既可以从容接纳并且给予适当回应，又不至于过度依赖而让双方都不好受？

我常常为这样的事苦恼，周而复始，就算是接触的人不同，可还是会遇到这个相同的问题。这个问题不只存在于爱情上，友情上也是如此。我很想找个出口改变自己的心态。

小雨

小雨：

我有一个女朋友，这几天正跟男友怄气，原因是她男友上周末跟朋友一起出去喝酒吃饭，没有陪她。她非常不开心，跟我投诉了一大堆。

她说："刚在一起的时候表现得那么周到、那么会关心人，恨不得什么都以我为中心，怎么现在就不那样了？男人得到以后就不在乎了，就不懂得珍惜了，是不是？他根本就是不够爱我，他还不承认。以前我一发脾气，他吓得马上就要过来哄我，现在我怎么发脾气他都不怕了，有时候脾气比我还大。你说男人是不是都这么喜新厌旧？"

我很无语。

后来，我对她说："姑娘，我想问问你，你觉得对方怎么样才算在乎你呢？是一天二十四小时随传随到，还是时刻把你绑在他裤腰带上？人家一个正常的大男人，总要有点自己的事情做吧？谁能没点儿交际应酬、社会往来？你再爱他，也不能像块狗皮膏药一样就不离他身了呀。他怎么说也是有独立思想的人，不是物件，更不是猫狗。再说了，你不高兴，还不是因为你没事做人家有吗？要是你提前约好了人逛街、吃饭、看电影，或者早就同一群同事朋友订好了周末去城郊度假泡温泉，你还会有这么大的怨气吗？你有事不能陪人家的时候，人家说过什么吗？还不都是因为你自己心理不平衡嘛。”

喏，没事做，就去找事做，而不是坐在家里生闷气。

就像你问我，怎样才能不那么依赖一个人。这还用问吗？你不想依赖别人，当然就要多依赖你自己。你男朋友能陪你做事当然好，不能陪你的时候能不能自己做？他今天和你在一起你很开心，他明天不在的时候你能不能依然过得开心？甚至于，他跟你谈恋爱很好，他有一天不想跟你谈了呢？你怎么办？总不能去死吧？

呸呸呸，我只是打个比喻。

况且对于谈恋爱这种事情，你要知道男人和女人生来就是不一样的。一般来说，男人不会把感情当成生活的全部，而只会当成比较重要的一部分。他们在追求女孩子的时候，会拿出百分之二百的努力，此时的表现简直超越了他们最好的那个自己。但是就像攻占一座城一样，男人一旦征服完了，他们的注意力就会转移到其他事情上面去，比如工作，比如应酬，比如足球，比如狐朋狗友。女人就不同，女人在选择的时候挑三拣四，一旦认定了之后，反倒会全心全意地投入，也会希望得到的关注依然是那么多。

这就常常造成一种局面：男人得手之后态度就归于平淡了，而女人则希望两人永远保持在热恋状态，并且永远不满足。

其实想一想，也就可以理解男人了。他们每天那么辛苦，除了要维护好感情之外还要承担那么多其他的责任，要立业，要赚钱，要协调人际，要供房贷，要养家……平时他们已经够累的，你怎么还可能要求他们时时刻刻把精力和心思全都放在你身上呢？

有时候男人忽略你，并不代表他不爱你了，而是在他的心里，你和他的关系已经稳定下来，他暗暗觉得你已经被搞定，所以也就不再需要时刻小心翼翼。

况且男人爱自由又贪玩，那是他们的天性啊，你若想禁锢他们的天性，他们可是会给你上演超长叛逆期的戏码。而且我也觉得，这个世界上有那么多可以做的事情，你又怎么能时时刻刻把注意力都用在获取他的爱上面呢？

我发现，爱这个东西，你越是要，它就会越少。就像花园里的花，越摘便越少，而抓到手里的那些也会枯萎。花是要精心培育的，开满了爱情之花的花园，也是用来欣赏的，而不是用来占有的。就像，爱是清清爽爽的两个人，因为有了对方的存在，所以能够更安心地做自己喜欢的事，成为自己喜欢的人。没有他你很好，有了他你更好。爱不是互相牵绊，而是互相陪伴。

所以，你的“胃口”并不是被对方养大的，而是你自己从来就没有节制。于是到了后来，你要的越来越多。

无论是对爱人，还是对朋友，首先你要清楚你们都是独立的个体，你们应给予彼此适当的空间与尊重，让彼此转过身去和转过身来都有一些余地。

有的时候，爱更需要自给自足。你有一颗爱自己的心，能把生活安排得井井有条，就不会把生活的重心都偏向别人，也不会给别人和自己造成过多的压力。

别人所做的，是出于爱你，而不是欠你的。所以，谁也不能用爱做要挟，觉得对方就应该如何如何。

所以，他怎么样不重要，你是谁才重要。只有让自己独立起来，才不会时刻被他人的情绪左右。

别让自己太闲了，也别太以自我为中心。他把你当成他生活里需要搞定的其中一件事情，你也没必要把他当成你生活中唯一需要搞定的事情。不然他的注意力稍微偏离一点，你就会受不了。

久而久之，他自然会对你越来越有安全感，然后越来越有负担感，最终越来越失去兴趣。

吴桐

该分手还是该继续？

吴桐：

他比我大四岁，是一位钢琴老师。我们是上大学的时候认识的，那时他在学校外面开了一家琴行。其实他各方面都比我差，但爱情是没有原因的。和他在一起一年后我们同居了，到现在已经三年。在这三年里我们一起奋斗，因为我们都相信，两个人用双手一起建设起来的家才会更长久。

其间他可能因为生活的各种压力出轨了一次，那次他找了一个十六岁的女孩，是他的学生。我当时就问他为什么喜欢那女孩，他说有一次下课了他们一起去吃饭，是那女孩付的钱，他很感动。后来因为那女孩的爸爸过世，她就再也没联系过他。我不知道是时间久了还是习惯了，鬼使神差地我又跟他和好了。

从我四年前和他在一起的时候，我就知道他有很多的女性朋友，有女性朋友在我看来是正常的，只要不触及我的底线。可就在最近，我无意间看到他和一位女性朋友在网上聊天，说的那些话简直不堪入目！我没闹也没吵，只是在心里对自己说这个男人好陌生，我努力了四年也没让他爱上我。

姐姐请你告诉我该怎么办，是分手还是继续？心里好矛盾。

雁子

雁子：

首先，爱一个人当然是有原因的，不然你为什么不选择街边的乞丐，不选择拾荒的老人，不选择算命的瞎子？

不是说以上几种人就不值得爱，我只是想说，通常情况下我们爱一个人，无论是爱他的容貌，爱他的财富，爱他的人品，爱他的才华，爱他的思想，爱他的幽默，爱他的身材，爱他穿衣服刚好是你喜欢的那一款，或者是爱他有一个瞬间让你感到特别的温暖，再或者仅仅只是爱他超群的性能力，无论如何，他总归有一些东西让你动心。所以，爱情是需要理由的，否则你又不是观音菩萨来普度众生，他所有条件都比你差，没有一条让你觉得好，你怎么可能爱上他？

其次，因为各种压力出轨这个说辞，是他自己说的，还是你为他找的理由？先说一个人活着就要面对各种压力这是避免不了的，更重要的是应该用何种心态和方式去面对和解决压力。压力和出轨没有任何必然的关系，有压力可以通过其他渠道疏解。想出轨的人，有没有压力一样会出轨，这借口听起来弱爆了。

他说因为女孩子请他吃了饭，所以跟人家上了床，这简直更可笑。先不说吃了人家的饭还占人家的便宜有多禽兽，就说他的这个逻辑，跟鸭有什么区别?

当然，一个男人如果想找借口，什么借口都找得到。他一个大男人，赚着人家小女孩的课时费，吃着人家小女孩买的饭，最后还要占人家小女孩的便宜——当然了，说小女孩占他的便宜也可以，勾搭不就是这么回事嘛。

至于分不分手，我当然说了不算。你们在一起相处了四年，最清楚该不该继续下去的人是你才对。因为，他好他坏，衡量得最清楚的只有你。就算是这世界上最无耻的混蛋，一样有一个深爱他的妈妈和愿意嫁给他的女人，我们能说她们倒了八辈子霉、瞎了狗眼吗？不能！因为他小孩子的时候也可爱过，他谈恋爱的时候必然也是充满温情的，不是吗?

不过我认为，一边骂着身边的这个人是混蛋，一边还继续浑浑噩噩地跟他过日子，那都是自己犯贱。能忍就忍了，你若不想分，他暧昧也好出轨也罢，你就关起门来一哭二闹三上吊，软硬兼施，威逼利诱。能回来最好，不回来也就由他去吧。要是觉得这人根本没有挽回的必要，那就两眼一闭爱谁谁，一刀两断永绝后患。怕只怕，你只一味抱着幻想容忍，一次两次三四次……最后你就只能做个怨妇去翻他的聊天记录，然后每天诅咒他十八遍。

当你开始发自内心地鄙视一个人，就是离爱情最远的时候了，也是应该选择离开的时候了。但如果你仍然只是抱怨，那顶多算是撒娇的另一种表达方式，所以分寸还是自己拿捏吧。

对于千疮百孔的爱，大多数人都会说仍然有感情啊、舍不得啊，于是无限量放低底线。我觉得那都没关系，但千万不要幻想一个不够爱你的人慢慢变得越来越爱，或者幻想一个习惯对你不忠的人总有一天变成痴情专一的好男人，那基本上都是异想天开、痴人说梦。

何况，婚前就已如此，婚后呢？平淡期呢？有了孩子或者被生活琐碎缠绕的时候呢？经济紧张需要共渡难关的时候呢？若是好的时候都不能坚守，又如何面对未来漫长而充满未知的人生？

青春就这么几年，要和好就明明白白说清楚原则，你需要一个什么样的人，以及你的底线在哪里。实在合不来就分个痛痛快快，不然等你想清楚了黄花菜也凉了。做人，最重要的是：头脑清楚，能屈能伸，低得下头也放得开手。

要我说，你男朋友目前是这样的人，难道你没有责任吗？虽然“吃着碗里望着锅里”是男人的通病，但你至少要告诉他你要的是什么，能接受什么，不能接受什么，偷糖吃的孩子没被教育过，下次还会继续偷，因为糖好甜的呀！

一个女人如果抱怨身边的男人不够好，又不知道该闭嘴还是该离开，那就好好想想自己能配得起一个什么样的男人，然后你就知道该干吗了。

吴桐

宁要鲜桃一口，不要烂杏一筐

吴桐：

我的情况是这样：我有一个异地恋男友A，上海人，爱我，善良，温柔体贴，专一，孝顺（对我家里人也特别好），相貌佳，家境一般，没有固定工作，现在在创业（已经三十岁了，没房没车）。他道德品质很好，就是能力有限。没有谈婚论嫁之前，我没太在意他的缺乏上进心，得过且过，抽烟，爱睡懒觉。现在不知不觉发展到谈婚论嫁的阶段，我纠结了。他的赚钱能力让我对未来没有安全感。

有段时间因为A太贪玩，忽略了我的感受（因为我们是异地恋，这样更加放大问题），就有一个男B介入了我们之间。B是福建人，爱我，还算体贴，事业心重（律师且自己家有公司），有车有房，跟我年龄相当（二十五岁），赚钱能力强，孝顺（对我家里人还好），经济一定程度上受他父母约束，相貌不太行。

B知道我的一切情况，A不知道我和B发展的程度。

现在被两男逼婚，我不知道该如何选择。我爱A，但是总觉得生活没有保障，而且我们是异地。

我不讨厌B，但是和他在一起总是想到A。和他在一起生活质量会比较高，可是我不爱他，嫁给他不甘心。

我想过和A分手，A痛不欲生，我最终又心软，没有分成。

现在我怀孕了，是B的。我在考虑是不是把孩子打掉和A在一起。

非常迷茫，能不能给我一些指引？十分感谢。

Louis

Louis：

人生啊，永远比故事精彩。你听没听说过这样一句话：假如你爱上了两个人，那么请选择第二个。因为如果你真爱第一个，就不会去爱其他人。

但是这句话并不完全适用于你。因为你说你爱的是A，现在却怀了B的孩子，所以无论从逻辑上来说，还是从情理上来说，你需要的其实都是C。

回信到这里其实应该可以结束了，但是这看起来有点太不负责任了。为了不让你太过失望，我决定还是继续说些无关痛痒的话。

有人说，结婚是女人的第二次投胎。况且这个时代，对大多数的人来说，爱情远没有海景别墅看起来长远。谈恋爱时条件可以无限放宽，但是一提到结婚，马上就要退一万步来考虑车子、房子、现实里的温饱。这有错吗？当然没错。

童话之所以美好，是因为童话里的男女谈一星期恋爱，都可以不用吃一粒米饭。但是回归现实走进婚姻，那些琐碎的柴米油盐足以让脆弱的爱情死去活来一百遍！可是，爱情就不伟大了吗？当然不！真爱如小强，它可以让所有现实里的东西都靠边站，让所有市侩地告诉你这世界上先有面包才有爱情的人都通通滚蛋。

所以，要怎么选才对啊？

选A，不太好吧？异地恋最悲催了，不思进取更讨厌。结婚之前都这么没安全感，结了婚以后还不得像个怨妇，每天想着可能与B的优渥生活肝肠寸断？

那选B呢？仿佛也不太行。长得丑就算了，只有物质想起来就好可怜，况且回归平淡生活之后，还要三百六十五天每天早上醒来都面对着一张毫无感觉的脸，想想就好崩溃啊！

A再温柔可亲，B再实力雄厚，不如出现一个十项全能的C，这样灰姑娘就能在最适当的时候找回那双可以迈入宫殿的水晶鞋了。所以，你看有很多好姑娘都耐得住等待、守得住寂寞，用《立春》里王彩玲的话说："宁要鲜桃一口，不要烂杏一筐。"这是怎么样的气节和坚持啊！姑娘，你有吗？

显然，你比起王彩玲们来说，未免显得有点太过风中凌乱。A未了，B已上。当断不断，反受其乱，结果左边被吃一口，右边被咬一下。你以为你现在占据着主导地位，要做出人生中最重大的决定？No，no。在我看来，你明显是守着蔫黄瓜和烂倭瓜一脸惆怅地问我该怎么选，你明显是哪个都不满意，哪个都不情愿。你说，我怎么知道该怎么选？

我只知道人生就是无数个选择的总和，每一步都是自己走出来的。而唯一让我感到欣慰的是，这个世界上虽然没有完美的人，但每一个不完美的人，都有机会遇到真爱。所以，最终我觉得，你还是放过他们两个比较好。

最后，祝你和C幸福。

吴桐

婚与不婚

吴桐：

不好意思，耽误了你的时间，我觉得很抱歉，所以我就长话短说，我的问题是被父母逼婚，感觉要被逼上绝路了。

细节有两个：一是我与父母同住，我母亲一直身体不好；二是我认为一个人也可以过得很好，世俗的眼光我不在乎，但最不理解我的人居然是我父母，我感到很无奈，也很无助。

我该怎么办？

心语

心语：

你说你觉得一个人也可以过得很好，这话的意思是你觉得现在这样已经很好，还是一辈子这样都很好？

婚与不婚，那是个人的自由，每个人都有选择自己生活方式的权利。若是你能一辈子一个人生活，快快乐乐自给自足自我承担，那任何人也没有说不的资格。但是我想，除开那些感情受过强烈挫折或经历过太多的悲剧，对婚姻和爱情都感到幻灭的人，大多数的人还是希望能够找到一个可以相互厮守的爱人度过一生。

每个女人对爱情都会有期许，不管她高矮美丑、年老年幼，你说现在不想结婚，也许因为你心里还有一段没有放下的过去，或者你觉得还没有遇到那个让你心甘情愿嫁掉的人。

那么既然如此，你的母亲身体又不好，她最心心念念的就是你的终身大事，你何不现在就摆出一种良好的姿态，告诉你的母亲，你其实并不是从未作过打算，只不过是不想盲目草率找一个人嫁掉，因为你要对自己负责，要对婚姻负责。

怕只怕现在的人都有叛逆心理，父母越急，自己越想反着来。其实内心并不是不想好好找个人来爱自己，只是因为父母整日的唠叨，把婚姻这件事变得毫无美感，简直像极了一道必需的程序，怎么想都觉得无趣。

你说你父母逼婚，但想必他们也不会认为“结婚”比“和谁结婚”更重要吧？因为他们更不希望看到你有朝一日离婚吧？所以好好跟父母沟通，再认真调节一下自己的心态，从中间找到一个平衡。

我认识一个女生，她在二十八岁那年被母亲逼得没办法，最终仓促嫁给了一个她并不爱的男人。那个男人性格脾气样样都好，且对她百依百顺，唯一的缺点就是她根本对他不来电。从此以后这个女人的生活一塌糊涂，人生仿佛卷入了一场永无止境的恶性循环。她变得脾气暴躁，不爱回家，因为心存怨恨对她母亲的态度也越来越坏，后来发展到在外面找情人试图填补爱情的空白，结果被人骗得很惨。

你说，如果当初她理智一点去处理这个问题，懂得用正确的态度和母亲沟通，认真地寻找自己的终身伴侣，在出现一个对象的时候能好好和母亲探讨这个人的优缺点，我想没有哪一个母亲会暴戾到完全不给儿女选择的权利和自由，只想来一场包办的婚姻吧？如果真是这样的母亲，那你也完全不必理会和在意她了，因为她根本也没有真正为你着想过。

说到底，还是要能够对自己负责，无论是从实际操作的层面上还是从态度上，让你父母的心里踏实，知道你在想什么，知道你在做什么，知道你无论选择了什么都能对此负责，也就会让他们少了一份无谓的担心。

最后，祝你和父母皆大欢喜。

吴桐

若你从来不曾为我着迷，我们之间为何还要继续？

吴桐：

首先，谢谢你能抽空看这封信。看到你为大家答疑解惑，让我也有种想要诉说的冲动，希望能听听你的看法。

我和男朋友在一起快十个月了，异地，寒暑假见面。我们都是在校大学生，他家里知道我们的情况，家里也蛮喜欢我的，甚至知道我的存在后就开始考虑未来的事情，很希望能早点让爷爷奶奶抱孙子。我家则希望我毕业后再谈恋爱，所以我一直瞒着家里。我和他家走得有点近，但是我家几乎什么都不知道，这让我蛮有压力。

之前一直觉得两个人沟通不畅。开始交往就是异地，电话也聊不了太久，舍友一直说我们很像一对老夫妻，没什么激情。但是他跟兄弟朋友在一起就很有活力，话题不断。我挺难过自己没那个魅力可以让他活跃起来，也难过他跟我在一起是这样一种状态。

我有时候会觉得他不体贴人，有时候打电话给他感觉他有点敷衍。好不容易等到暑假，也没有感觉到他很迫切想要见我的愿望。和他出去，他可以自己玩得很开心，却把我晾在一边。他的解释是，在别人面前他会刻意疏远女朋友，觉得亲密是对别人的不尊重。几乎不会甜言蜜语或者做一点浪漫的事情。

之前用短信跟他谈过我的感受，但他很快说明天有事要睡觉了，这让我很郁闷。还有一次我袒露了自己的迷茫和无助，透露出想分手的意思，看得出他这下有些慌了，这时他坦言自己不懂得怎么维护感情。

我觉得他是不会提分手的，一方面他会忍，另一方面他很听家人的话。他妈妈经常叮嘱他要带我出去玩、买礼物送给我，所以我怀疑我们的约会也是他迫于妈妈的压力，其实他总嫌约会无聊，我好担心这样继续下去，两个人没有好结果。

说得蛮乱的，我们有很多需要改进的地方，不知道什么时候可以扭转这样的局面。希望能听听你的见解，再次谢谢你！

敬候佳音。

Mean

Mean：

看了你的来信，我觉得你应该就是传统意义上的好孩子，性格柔顺听话，做事情总是慢条斯理。其实我在想，不懂得恋爱的人未必只有他一个，不懂得恋爱的人，应该还有你吧。

你们还都在读书的年纪，不确定因素太多太多，而且最要命的是，看起来你们根本不曾为对方着迷。有人形容爱情是两个人之间的化学反应。我天生数理化白痴一枚，化学向来不及格，所以没有办法告诉你是什么物质和什么物质在一起才能碰撞出火花，但一定不是你们这种平淡得如同白萝卜遇到了白开水。

异地恋最重要的是心灵相通，知道对方在做什么，知道下一刻他在哪里，没有这样的了解和笃定，很难将异地恋进行下去。你们连电话都只打上数分钟而已，这跟普通朋友有什么区别？你了解他多少，他知道你多少呢？两个人深深相爱，便有了世界上最亲密的距离，那是因为两颗心贴得很近。而你们两个，就算坐在一起，也仿佛远在天边啊！

和喜欢的人，怎么可能没有话题？若真喜欢一个人，连询问他晚饭吃什么、天气降温让他多穿衣服、下雨的时候发短信说很想他，都是每天生活中的莫大乐趣。心里牵挂着一个人，仿佛整颗心都有了着落一样安稳。你知道真正的恋爱是什么吗？是做很多很多幼稚无聊的举动，但是自己一点都不觉得幼稚无聊；是每天想念同一个人；是想起你们之间的小事都会微笑；是紧张彼此却不强迫彼此；是希望时时带给对方快乐；是享受你们之间无数的小秘密。王小波说过："爱情就好像两个孩子围坐在一起偷吃一罐蜜糖，你一口我一口，却永远都吃不完。"

人生是分为很多阶段的，若在青春年少的时候都没有悸动过，那只能说是你生命中的一种缺失。生活在一起若干年的夫妻，即使激情慢慢变淡了，但仍能保有一份默契，而你们两个年轻人在一起，竟然无趣到完全没什么感情的涟漪，让人看不出一丝爱的痕迹。

怕只怕你们根本都是心不在焉，反正没有另外的人出现，不如两人凑合凑合，闲暇时间毕竟还有一个人可以挂靠。若你不是这样的心态，想想看他是不是？

你们这样的白萝卜与白开水的恋情，要是没点花椒、大料、香葱、味精，迟早是要无疾而终的。也许仅仅是性格的关系，也许是你们之间长长的距离所致，反正你们在一起就好像是死人的心电图，让人看了只有唏嘘。

还是那一句：若你从来不曾为我着迷，我们之间为何还要继续？

吴桐

所有的美好，也许只是恰逢其时

吴桐：

我有过几段感情，最后都无疾而终。几年前还比较年轻的时候，在我还没有准备好的情况下，遇到了最有机会结成伴侣的对象，五年后我一手把它葬送于自己的胡闹中。之后我用超过两年的时间去抚平这段创伤，其中有一年多的时间在国外“流浪”。现在我已经回到现实中，慢慢地想建立起一种稳定的生活。

我一直认为，能够陪伴我一生的人一定要是我的灵魂伴侣。所以，我在想或许老天已经安排好了一个最适合我的人，会在一个恰当的时候出现。以我现在的年龄还有这样的想法是不是“很可爱”？我从不理睬那些俗套的做法，比如相亲以及各种各样的小把戏。但是最近几天我有些怕了，怕自己会孤独终老。

我已经是快三十二岁的人了。找个中国男人吧，怕人家会介意我的年龄；找个老外吧，又怕人家只是跟我玩玩。是的，我怕了，感觉有些玩不起了。

我在想，自己要不要改变策略，只为了那一纸合约，之后就按合约的条条款款办事，生孩子，就此一生。

SS

SS：

你拧巴纠结的问题，是现在很多由少女转入轻熟女或者说转入剩女的姑娘们都在拧巴纠结的问题。那就是：到底还要不要坚持自己少女时期对爱情的种种憧憬和幻想？还要不要继续期待在某一天与真命天子街头偶遇？

幸运的是，在你即将踏入三十二岁的这一年，你终于开始害怕从此孤独终老，我之前真是为你捏了一把汗，看到后面才欣慰地长舒一口气。你终于开始面对现实，终于开始认真考虑自己的终身大事了。

亲啊，梦做做也就得了，当我们回归现实，所谓的“真爱”谁说非要像电影里演的那样波澜壮阔、曲折离奇？谁说你在街边吃麻辣烫遇到的人就都是低俗的知音故事？谁说相亲的那一个就一定不是你的真命天子？你家的真命天子就一定要出淤泥而不染，从来只可邂逅不可相亲吗？你怎么不想想，也许人家月老或者丘比特正拿着红绳和弓箭在相亲的桌子旁边等着你呢，你迟迟不出现，那他们找谁说理去？

我只想告诉你，相亲并不代表向现实妥协，只是寻找伴侣的一种方式而已，而且有的时候，它还是快速有效的一种方式。无论是主动坐下来相亲还是自己努力去扩展人际寻找男友，都是积极向上的一种手段。不然就算你是对方身上的那根肋骨，人家也有可能根本找不着你在哪条街哪条巷呀！所以，何必拘泥于某一种形式，给自己设定那么多限制呢？

当然，你要是讨厌相亲，对这种形式深恶痛绝、厌恶透顶，一坐到相亲桌旁即使连对方是贝克汉姆你仍然看不顺眼，那你还是别自我折磨了。

至于找中国男人还是外国男人，我觉得完全取决于你更喜欢中国男人还是更喜欢外国男人，光凭人家国籍就下断言说人家是玩玩的，未免有失公平。我再告诉你一个事实，老外是爱玩，但人家一般是在年轻的时候大大方方地玩，而且要玩就玩个尽兴、玩个够本，一旦遇到结婚对象，基本上就安安稳稳过日子去了。而中国男人呢，正好相反，在该玩的年纪都被压抑着不能玩或者偷偷玩，在草草解决了婚姻大事之后的某一天，突然一拍脑门儿发现自己还没玩明白呢，这人生实在太不精彩，这哪成啊？于是变本加厉开始玩。

总体来说，你是喜欢“倦鸟回巢的平淡”还是钟爱“放虎归山的刺激”，这都是个人的口味爱好。我的意思是说，不管你找谁，中国人还是外国人，小正太还是准大叔，都要承担一样的风险。所以，干吗把风险放在前面？你还是把自己的意愿放在前面吧！

《男人帮》里不是说了：“要长得帅的男人还是有钱的男人？废话，当然是自己喜欢的男人！”但前提是，喜欢的人也要先遇上，你每天在脑子里给自己画像，老天爷也不能照着模子给你做一个，然后趁你睡觉的时候丢你被窝里。所以，行动起来才是正道！记住，当你非常想要拥有一样东西的时候，你才会有资格拥有那样东西。

那天，看一同学签名上写：所有的美好，也许只是恰逢其时。

如果我将这句话送给你，你会喜欢吗？所有的故事都是自己定调，有人轻舞飞扬，有人白衣飘飘，大家变换姿势活着而已。拉到太阳底下，其实人和人没什么本质上的区别，只不过这个世界上存在着口味和偏好。而你，又在死磕什么？

吴桐

他不是林建岳，你不是王祖贤

吴桐：

很有缘分，在豆瓣关注你很久。我喜欢你透彻的清醒，知世故而不世故。

和其他人无异，我也遇到了问题，迫切想要听听你的建议。

我在英国读书。前天，在找兼职工作的时候，无意中打了一个电话，我也不知道对方是谁，开什么店，他就到我这边的咖啡馆来与我见了一面。随后，才知道他是我们这里比较有名的一家华人餐厅的老板。然后，他带我去了他店里，回来路上又去了他家。

他很年轻，也很有钱，是上海人，已经在英国十八年。我想说的是，这个男人，现在在追求我做他女友。我们从认识到现在，见面的时间加起来一共才六个小时。我的感觉是，他很急于把自己的所有情况都展现给我。每天约我吃晚饭，每天给我打电话，每天给我发信息。他说我和他前女友是同一天生日，也总爱在我面前吹嘘他对他前女友有多好。他看到我背了个巴黎世家，就说自己送他前女友铂金包什么的。

怎么说呢，我是那种一直很清醒的女孩子，我知道自己要什么。所以对于这个男人，我没有拒绝，可能我对他的经济实力真的抱有某种隐约的幻想。但是这个男人去伦敦，说会给我带回唐人街的烤鸭，却没有说去买个什么像样的礼物给我。我很介意这个，我不是一般的小女生，我要的远远不止一般小女生要的那么多。

这个人倒不是花花公子，这一点我还是可以感觉到的。他说下个星期就会把我正式介绍他的朋友们认识，他们都是这里数一数二的富人老板。我也觉得这是件不可思议的事情。

总之呢，如果他是那种奔着年轻姑娘的美貌与身体来的，我反倒觉得释然了，那大家你情我愿（当然，我肯定是不愿意的）。但现在他要给我的是一个女朋友的名分。这个，就让我纠结了。

吴桐，可以给我一些建议吗?

伊莎贝拉

伊莎贝拉：

看了你的来信，我突然想到寰亚老板林建岳当年追求王祖贤的故事。

当年，凭借《倩女幽魂》大红大紫的王祖贤，可算是最有“鬼魅”气质的女星。二十岁出头的她年轻、漂亮、气质不凡，让齐秦对她一往情深。那时候王祖贤和齐秦刚刚开始拍拖，齐秦风华正茂，事业也正处在上升期，是一位非常有才华的歌手。

林建岳身材肥硕，其貌不扬，而且家中早有妻室。但这仍然没影响他大张旗鼓地追求王祖贤，一度闹到整个香港娱乐圈沸沸扬扬。王祖贤开始的时候只把林建岳当凯子，去当时香港最大的百货公司购物，王祖贤眼都不眨从一层扫货到五层，而林建岳不用用人助手，自己亲自上阵负责帮王祖贤提袋拎包，跟在王祖贤身后满头大汗，却一句怨言都没有。他肯花几千万给王祖贤买豪宅别墅，只是说“只想送你个礼物”，他派专机接送王祖贤出海旅游，还毅然决然地跟老婆离了婚。

总之，一个女人梦想的一切，林建岳全都给予了，最后王祖贤是心甘情愿跟林建岳在一起的。当然，后来的故事非常不圆满，林建岳也从来没有停止过换明星女朋友，但在最初，林建岳是真的肯为王祖贤做一切事情。

这个故事讲完了，我很想引用当下十分流行的一句话做总结：男人无所谓忠诚，忠诚是因为背叛的砝码太低；女人无所谓忠贞，忠贞是因为受到的引诱不够。

如果你遇到的这个餐馆老板，能拿出林建岳十分之一的架势来追求你，你是不是就会安心许多？是不是就会觉得既享受到了物质的好处，又尝到了被重视的滋味？

在我看来，你现在纠结的潜台词是：这个男人要真像他表现的那么有钱，既能给我买铂金包，还能真心对我好，我也就从了，就怕他全是瞎忽悠。他有钱可以自己跑伦敦去打高尔夫，但是回来竟然就买个烤鸭意思意思给我当礼物，这明显没拿我当回事儿啊！这哪是富豪追求女人应该的套路！他要真喜欢我，难道不应该一掷千金吗？但是吧，他这么一大块肥肉，不吃真就亏了。吃吧，又怕老奸巨猾捞不到什么油水。想一想本小姐的条件也不赖，没他也能背得起巴黎世家，要是最后没占到便宜还陪人家白玩一场，那真是偷鸡不成蚀把米啊！

姑娘啊，大款也不都是傻子，见到个条件好的小姑娘就一掷千金，那他们怎么可能混到今天这个地步？早破产灰溜溜回老家了。他不是林建岳，你也不是王祖贤，所以你们的相识注定没有言情故事里写的那么波澜壮阔。

但是，你遇到的这个男人段位看起来也真的不算高，一上来就显摆金钱是暴发户最常见的路数，但是在某些时候也的确有效。不过通过这一点也可以看出，要么他除了金钱之外实在没有什么可以值得炫耀的一技之长，要么就是他之前遇到的都是看上他有钱有势的拜金女，所以自然给他造成一种“女人都是冲着我钱来的”的错觉。而他好像深谙虚荣是女人的死穴，所以不停传递“我舍得给女朋友花钱”这样的信息给你。当然，钓鱼的时候肯定要放大诱饵，钓到之后还给不给食吃那就另当别论了。

无论如何，小姐你实在是有点纠结得太早。你俩见面的时间累计还没超过六个小时呢，你已经把拉线想到那么长远了。咱能不能先把思维从钱那里暂时收回来，先注意注意他这个人？这人靠谱不靠谱？认真不认真？脾气跟你对不对路子？这些问题你都还没考虑，就开始纠结钱的问题，你是不是有点太未雨绸缪了啊？又不是明天就让你披挂上阵当老板娘，你这是得的哪门子选择恐惧症呢？

甭管他，都市新贵还是暴发户，你都不可能只抱着钱过日子对不对？况且人家愿意不愿意给你抱还是另一回事。就算只谈一段恋爱而已，你也应该先摸一下他的底再开始，甭管冲着人去的还是冲着钱去的，知己知彼才能百战不殆啊！

做不做女朋友，当然要看你喜不喜欢。要是不喜欢他的人，又特别喜欢他的钱，也可以考虑接受。要是对他的人不喜欢已经大过了对他的钱的喜欢，那肯定是回家继续快快乐乐背你自己的巴黎世家包包啊！分析成本这种事情，到最后还不都是你自己说了算吗？

吴桐

真的爱，就不会错过

吴桐：

我现在有一个男朋友，曾经是一个单位的，后来他主动追我。我们同事一年多，对他的印象也很好，在我要离开那个单位的时候，他跟我表白了，很真挚。

我们两个人在一起很开心，他是第一次恋爱，不管是浪漫还是体贴都让我感觉很满足。可是过了不久，问题就出现了。他的家人反对我们交往，父母和他的两个姐姐都不接受他娶一个外地的老婆，他们软硬兼施，要他跟我分手。说到这里，我想大部分人都想问我他的态度。好吧，我心里很不满他的态度，这是最让我伤心的地方。

他表现得很担心、很没有信心，他说自己很爱家人，即便他父母拆散了我们，他也不会对他们怀恨在心。他还说，因为一些特殊的原因，他没有办法只这么自私地考虑自己，不考虑家人。如果要他在我和家人之间选择，他会选择家人。

我也是个很孝顺的孩子，我对他的态度能够理解。假如他真的这样放弃我，我也无话可说。可他口口声声说他喜欢我，而且他是男人，这个时候应该表现得积极乐观有担当一点，不是吗？

我之前经历过两个让我伤心的男人，自己现在也二十五岁了，很想结婚，不想再要没有结果的爱情。我很爱他，可爱情是两个人的事。假如他不坚定，我一个人努力有什么用？

我想问的是，如果我不想放弃，我该怎么做才能跟他在一起呢？或者，这样的男人，我是不是该趁自己受伤还不是很深的时候，早点放弃？又或者，假如我放弃了，以后会不会后悔做了爱情的逃兵？另外，假如跟他分手了，我会去相亲的，然后就订婚，无所谓爱情不爱情了。

云希

云希：

初看你这封信的时候，我以为你已经离开了你们工作的城市，和他开始了一段异地恋。所以，我十分理解他的父母和两个姐姐为什么会反对。因为他年纪小，你们又长期见不到面，除非你来他的城市或者他去你的城市生活，你们才有可能最终走到一起。但是经过询问之后我发现，你其实还是留在他生活的城市并没有离开，他家人反对你们交往的理由仅仅是：不希望找一个娘家那么远的媳妇。

我觉得这个理由听起来非常勉强，他们家不肯接受你，也许另有原因。不知道你与他的家人见过面没有，从你们相处三个月的时间来看，恐怕还没有过正式碰面吧？那就让我来分析一下他的家人之所以会反对你们交往的心理。

首先，作为家里最小的弟弟，你男朋友是在三个女人，也就是他的妈妈和两个姐姐的呵护下长大的，她们完全把他当成一个小孩子，哪怕到了有一天他娶妻生子，她们也会不自觉地介入和掌控。而你的男朋友也习惯了顺从大人，他对自己的人生犹豫不决，更害怕破坏家人的关系，因为他完全不懂得如何承担这样的后果。

试想一下，他家人听说他交往了一个女朋友，不是本地人，家在非常遥远的一个城市，对这个陌生女人她们完全不知底细，也不知来历。在她们脑海中第一时间建立起来的印象就是“不可靠”这三个字。尤其对她们来说，家中唯一的这个小男孩是那么的单纯天真不谙世事，如果真的交往到一个不靠谱的女人，对他来说将是多么大的不幸啊！而三个女人的保护欲望又是那么强烈，所以第一反应一定是“不同意”。

当她们提出了“不同意”的看法之后，接下来你男朋友的回应应该也不是十分让人满意。他肯定是想为你争辩的，但是又不自信，所以唯唯诺诺。他的妈妈和姐姐很有可能会搬出“从小到大是我们看着你长大的，什么事情我们不是都帮你解决得很好？你长到这么大我们太了解你了，你听我们的不会错”这样的句子，然后让你男朋友心甘情愿地闭上了嘴巴。当然，也不能完全责怪你的男朋友，这个善良的小朋友也是无辜的，他从小生长的环境和他的家庭模式决定了他的性格。

现在，你问我有什么办法可以让你们继续下去。我觉得有个办法是可以尝试一下的，虽然未必成功，但至少你们彼此一起努力过，也就不会有后悔，对不对？

大胆猜测一下，如果他的家人仅仅是因为对你不了解而反对你们的交往，那么你是不是可以想办法多接触一下他的家人，让他的家人对你有更多的了解，以至于可以渐渐消除心中的芥蒂，对她们对你的印象有一个改观呢？俗话说“伸手不打笑脸人”，只要你拿出对他的爱去耐心对待他的家人，相信他的家人也会感受到你的善意，甚至发现你可以接替她们的位置，把她们心中的“小男孩”照顾得很好，她们慢慢就会接受和容纳你。

所以，在你们的这段关系里，首先你要解决的是他的母亲和两个姐姐，其次才是你的男朋友。

不过，即使你很好地展开了和他家人的关系，仍然会有一个棘手的问题摆在今后你的面前，那就是你这个男朋友已经习惯了听从家人。在面对分歧的时候，比如你和他家人的意见不统一，他可能就会手足无措，甚至最后以无理由地支持家人为选择。所以，即使这一次你和他得到了家人的许可，关系开始步入正轨，甚至到了谈婚论嫁的地步，你要面对的问题也未必会减少，也许反而会更多，到时候你只有两条路可选：一、无条件地听从他母亲及姐姐的意见和安排，甚至连买什么家具、穿什么礼服都要听从她们的意见；二、帮助他建立起一个健全独立的人格。

当然，要从这样的家庭模式当中脱离并成长起来是比较困难的一件事情，但是只要肯努力，不是没有可能。况且作为母亲和姐姐并不是不想对家里的这个“小男孩”放手，有的时候她们只是出于一种担心，只有当她们感受到“小男孩”长大了，变成了一个真正“男人”的时候，她们的潜意识里才会放手。所以，如果想要在一起，需要你们两人的共同努力。

以上分析只是一种可能，也许还有其他一些不为人知的原因。既然想要在一起，就要去试图弄清楚问题，并找到解决的办法。不然你们两人每天在一起唉声叹气也是没有用的，况且这也不利于你们感情的发展。总之，人的行为背后一定有一个隐藏的原因，希望你能发现它，并加以解决。

就像我在别的文章里说过的：真的爱，就不会错过。因为真爱的力量会促使你去做很多事情，哪怕需要再多的时间、精力，付出再多的耐心和妥协，你也不会放弃。

但是，并不是所有的故事都需要有一个结局，经历并成长了，是另外一层意义。

祝你幸福，亲爱的云希。

吴桐

这不是爱情买卖，不需要背负良心的债

吴桐：

我和我的男朋友是异地恋。他人品不错，三十岁了，专一，还算体贴，长相中上。就是没钱、没房、没车，没固定工作，目前一家三口挤在三十七平方米的房子里，已经申请到经济适用房，不过他妈说到时候要找我借点钱，而且不可能把我的名字写进房产证里。

我二十七岁，长相中上，家庭条件中等，自由职业。比较看中人品，否则也不会跟他在一起。可是他非常不上进，每天晚上出去和朋友打游戏打到半夜，白天至少睡到中午十二点，如果没人叫醒的话可以睡到四点多。这是我最难以接受的，其他的比如不讲卫生、懒惰、脾气急躁之类的我都忽略了，唉！

我和他沟通过，他答应改，不过现在看来，那是不可能的。我本来有很多更好的选择，结果我都放弃了，还是回到了他的身边，想再给他一次机会。但是，我真的绝望了，这种男人大概是烂泥扶不上墙，没钱又不努力，跟着他等于是跳进了火坑。

我现在快得抑郁症了，很想跟他分手，但又舍不得这份感情，分了很多次都被他哄回来，真没用。我现在很迷茫，能不能请你给我点建议或者狠狠地骂醒我呢？

倩倩

倩倩：

就算再看重人品的好姑娘，也架不住连买套经济适用房都要跟未来儿媳妇借钱的老婆婆；就算再专一的感情，也架不住白天睡整天、晚上玩整夜的颓废男。

况且，他们一家三口挤在三十七平方米的房子里，他爸妈都可以不管他的不务正业，说明一家人都很适应和满足当前的现状。至于你说的那些不上进，人家根本没觉得是个问题，人家日子就这么过的，也挺自由快乐的。

你看，你在这封信里已经把你男朋友分析得抽筋剔骨，也已经反复强调了他是不可能改变的，你跟着他就等于跳进了火坑。可你为什么光说这是个火坑，却迟迟不愿后退呢？按正常逻辑，换了别人掉火坑里，早就嗷呜一声蹦出来三米高，回头看看还得心有余悸好久，可你为什么仍站在火坑边缘犹豫着跳还是不跳？如果说这就是伟大的爱情，那你为什么又列举了那么多的失望来指责你这个不争气的男朋友？

这，还真是让人困惑，这到底该怎么选择？

其实你一直在强调你是一个看重对方人品的好姑娘，不然你就不会和他在一起了。在你的价值观里，恐怕觉得那些看重车子房子的女孩，都是庸俗之人。或者说，你头脑中真正的爱情，就应该排除物质上的考量，不然的话就显得不真诚。就好像爱人就该爱他的灵魂，可是他的灵魂又有那么多的不完美，简直让你左右为难。

我不知道你们之间发生过什么，你又遇到过哪些人，但是我可以肯定的是，在当时那样的情况下，你的那些“选择”一定也都不是多么的好。但你若不放下他，就很难去遇到真正适合你的人，这是其一。其二，他除了不争气之外，在感情上没有任何可以指责的地方，没劈腿、没偷腥、没犯原则性错误、没做对不起你的事情，简直让你想张嘴说“分手”都说不出口。

但问题是，姑娘啊，看不起你男朋友的人是你，不是他自己。他自己觉得他过得挺好的，不然他早就奋发图强、努力工作，打死也不可能让他妈跟你提借钱的话茬儿了。

你让我骂醒你，实际上是想让我告诉你，这个男人很烂、很不争气，一定会被时代踩在社会的最底层。但是我告诉你，他自己如果过得舒服，我就没权利去批判他，因为那就是他的人生。

但是你呢？你也没什么错，因为你也要有你自己的人生。每个姑娘都有追求幸福的权利，凭什么要在一个自己看不上的男人身上折损自己？所以，放下良心的债吧，这又不是爱情的买卖。

其实有一天，你的男朋友一定会遇到一个姑娘，平平常常，也没觉得他每天睡觉或没有固定工作有什么不好，她跟他一家三口挤在三十七平方米的房子里，也能过得有声有色有滋有味。你看过《贫嘴张大民的幸福生活》吗？人家一大家子人还跟一棵树挤在一起呢，过得好像也挺不错的！只不过那是你根本没法想象的生活。

如果有一个姑娘打着一份平平常常的工，没事在家洗洗涮涮带带孩子，也不觉得人生非要有什么目标和追求。想想看，是不是那样的一个姑娘和你男朋友更般配、更幸福、更能白头偕老？

所以，姑娘，这就是现实。如果你们要的东西不同，就没办法生活在一起。强扭在一起，你要么憋屈一辈子，要么就是一场悲剧。所以，放手你会更快乐，相信我。

吴桐

如果两个人真心相爱，
那么他们最终会找到通向彼此的路

吴桐：

我有个青梅竹马的玩伴，他小我五岁，小时候我们住在一个家属院，他的姐姐是我的好朋友。

后来我去了另一个城市上大学。有次放假回家，无意中看到了他。青春期的他显然变成一个大男孩了，阳光下的他高大帅气，还有一看就是因为经常运动所以晒得无比健康的肤色。又一次见面，居然他还像小时候一样，一见到我，眼睛里的开心是掩饰不住的，却还是害羞地坐在旁边一言不发，只是安静地听我和他姐姐说话。

后来我读研的时候，他大一，他居然选了我读研的城市。总

之他联系上了我，我们像小时候一样，出去玩，聊天，永远都是那样的舒服开心。和他在一起，甚至治愈了上一段久久走不出来的情伤。我感到幸福，对，是幸福。一切都是顺其自然的，直到在一个美好的傍晚，他吻了我，而我也早已情不自禁地回吻了他。

之后几天我简直矛盾极了，我知道我们这样下去阻力会有多大，但其实最最困扰我的是我根本分不清到底他对我好是因为那个年纪男孩子的情欲还是真的如他描述的是单纯美好的、对这个邻家姐姐多年以来被压抑的爱慕。我能感到他浓烈的爱，但我并没有答应做他的女朋友，我们年龄差别太大了，还有来自他家庭，他姐姐有意无意的试探和压力。

我在他面前哭过、闹过，虽然那个时候我甚至都不是他的女朋友。其实谁知道，我根本不像外表看上去的那么大，在爱情面前，我就像个小女孩，可我一直苦撑着要为全部的感情走向负责，时而理智起来像个大姐姐，时而又脆弱得像个孩子，我都快精神分裂了。我知道，他也很累。尽管他一再告诉我，抱着我说，让时间来证明吧！

他总说我不相信他，可是与其说我不相信他，不如说，我不相信他的年龄。就算他变了，我也不怪他。何况我们不得不面对的现实问题，包括我可能的出国深造机会。那么，既然如此，这段本该美好的感情究竟要该怎么收场？它已经变得那么支离破碎，这个姐姐在他眼里，或许，越来越失控了，不可爱了，疯狂了，那个原本用他的话来说“高高在上，连在一起都觉得奢望只敢远观”的姐姐现在，我，简直，就是个白痴……

我该怎么办才好？这结局应该怎么写，我以后回忆起来才不会心绞痛得死掉？我该做什么去挽回？我宁愿不再奢望厮守，也不要如果可能的幻灭和背叛。他对我，是从小超过十年的情分，是上天掉下来的财富，我放不下也输不起！

未来到底会怎样，我看不见，也摸不着。

未来

未来：

说真的，你的这封推心置腹的来信让我好感动。因为你让我又一次感受到，爱情是多么美好的一件事啊！

它让你患得患失；它让你心乱如麻；它让你一会儿上了天堂，一会儿又如堕地狱。

你慌乱，你迷失，你六神无主，你变得愚蠢，都只是因为，你太惊喜，太在意，太爱他。

他太珍贵了。他看起来就像一块璞玉，像一个宝贝。他就这样降临在你面前，带着对你多年来无限的憧憬和向往，你霎时间手足无措了。

我懂，我当然都懂得。

我懂得你在害怕。我看到你深深的恐惧。你怕如此珍贵的感情在你手中变得不完美，你怕你自己给不起。

可是亲爱的，在这样美好的爱情面前，在如此强烈的人类天性面前，爱上一个比自己小的人，接受一个比自己小的人，谈一场心无旁骛的恋爱，又算得了什么呢？！

世俗的眼光也好，他姐姐的试探也罢，那都不过是，因为一种未曾了解的心情而引发的担忧和偏见罢了。而未来，其实无论你和什么样的人在一起，又一定可以保证有未来吗？我只相信，有缘分的人是永远不会走散的，因为你们兜兜转转了十年，还是聚在了一起呀！

而且，谁又说女人不可以比男人大上几岁呢？那么多幸福的例子，在今天这样一个乌烟瘴气的社会里，难道不应该被当成正面教材吗？爱情，往往无关年龄，无关种族，无关职业和身份。何况你与他不过才相差五岁，根本构不成所谓的“鸿沟”，我觉得真的没有任何的不妥啊。你怕的，是他内心的不够笃定，怕他是一时的孩子气吧？可是，正是因为这些害怕，让你连当下这一秒的幸福都失去了，就如你所说，你的优雅，你的可爱，你的亲切，你的善解人意，都在这样的恐惧和担忧下，慢慢地土崩瓦解了。他爱你，是很单纯的事情，他爱当时当下的你，当时当下的你也真心爱他，就算有一天你们因彼此的命运要分道扬镳，那一场爱恋，也是无罪和美好的呀。为什么，连这一秒都要摧毁呢？

人之所以患得患失，是因为人的本性是贪婪的，是不想面对受伤的风险吧？可是你现在将自己保护起来也好，隔绝起来也罢，只会更加痛苦，因为你忽略不了你们相爱这个事实。那么，何不豁达些，何不勇敢些，何不敞开心胸，何不把顾虑和担忧抛诸脑后，而只认认真真去享受当下？今天的一切，可能决定了未来的走向，你又怎么知道，若干年后你身边的人是谁呢？就算命运只给了你们一次相爱的机会，而没能给你们相守一生的结局，那又如何？你就不要了吗？你就把那个小男孩推开，假装自己是一个成熟理智的大人？那样的话，我只会说你懦弱，说你恐怕还是不够爱吧。在我看来，最差的结局都是美的，因为至少你们互相爱过！那也好过，像现在这样战战兢兢地过日子，把一份爱情变成了折磨。换一个人恋爱也未必会有美好未来，何况，未必如此爱！所以，不要为了一个谁都无法掌控的未来，而束缚了幸福的当下。

我想说，在拥有如此美丽爱情的时候，轰轰烈烈去爱吧。在这样纷乱的世间，在这样一个物欲横流的时代，能够相遇，能够相爱就已经足够美好。爱情，要有勇气，要有智慧，要有忍耐，也要有豁达。爱情可能是天长地久细水长流的，也可能，像Jack和Rose一样，只在一刹那的交会中放射出足以照耀一生的光辉。只要无悔，就是值得。

当然，谁人都希望这世间的鸳鸯爱侣都有圆满结局。所以送给你《绯闻女孩》（*Gossip Girl*）里的一段台词：If two people are meant to be together, eventually they'll find their way back.（如果两个人真心相爱，那么他们最终会找到通向彼此的路。）

深深地祝福你们。

吴桐

大家都有病

吴桐：

我现在上大一，二十岁了。我高三的时候谈过一次恋爱，分手已经一年多。我没什么留恋，也不会想起他。

现在我怀疑自己是不是得了“爱无能”这种病。也有追我的男生，前两天觉得挺喜欢，后两天就没什么感觉了，而且我觉得对方也是。挺苦恼的，也不知道哪里出了问题。

妞er

妞er：

实话说，你没病，你过得好好的。那么问题到底出在哪儿？

好吧，问题就出在，病的不是你，是这个世界病了。才二十岁的年纪，就已经觉得没有几次爱情经历都不好意思出来见人，这到底是一种怎样病态的社会环境！

其实，能不能爱，或者能不能正确地去爱，完全在于你的心目中，爱是什么。爱是明亮的付出也是保有一份聪慧的矜持，爱是深情的等待也是一份留有余地的转身，爱是放弃我执但却依然坚持最后的底线，爱是抛开浮世繁华、沉淀于心底的那一份纯真。现代人很多所谓的爱，其实是贪，是嗔，是痴，是追求感官的快乐、追求外在的虚荣、追求诱人的物质，游戏人生，逢场作戏，最后玩来玩去，终归玩的还是自己。但是只要玩得起，一切皆有理。乱搞搞出病只要她自己高兴，当第三者当成残花败柳只要她自己高兴，抢别人男朋友最后被飞只要她自己高兴，犯贱犯到底只要她自己高兴……但凡不能收拾一屁股残局的都不配出来玩，凭什么爽的是你最后要死的却是别人？出来混，总要还的啊！

所以，你爱不上谁，只是因为你还没有遇上那个值得让你去爱的人。

你只是，暂时对这个世界有点冷感而已。

吴桐

大龄女的纠结

吴桐：

不晓得你可有时间回我，但还是想写给你看看，望赐教，先谢谢！

我早已到了适婚年龄，谈对象也是冲着未来老公去的。

现在的这个对我很好，天冷了衣服都没让我洗过，吃完饭碗也没让我刷过，生活上各种体贴。

之前三个多月都是异地，九月份他从外地来合肥找我，工作一直在找，到元月份才定下来，因为我说过他再不定工作我们就分手。他家里经济条件不是太好，我们在一起后房租水电衣服包包鞋子什么的我都没让他拿过钱，因为考虑到以后结婚买房子我们要一起还贷款，只要他对我好，在一起就好了。

最大的问题出现了！我一直耿耿于心，又不敢问他，怕伤他自尊心。

他四年本科念下来，因为英语挂科得厉害，后来补考也没参加，导致毕业证书没拿到，这是一次和我闺蜜聊天时她告诉我的，绝对真实，因为她对象和我男友是大学四年的同学兼上下铺。

一想到这个问题，我整晚整晚地都睡不好觉！此事他从来没给我提过一个字。

他说他一定会娶我，但是因为房子的问题要我等他两年，但是我都二十七岁了，不怕你笑话还没嫁出去。

我不敢给任何人说，更别说我的家人，这样的他还值得我等吗？？？

吃菜不吃饭

吃菜不吃饭：

事实上，你纠结的不是他毕业没毕业的问题，你之所以辗转难眠，是因为觉得这个男朋友各项分数都很低。如果他有钱，有房，你还会在意他大学英语挂科没拿到毕业证吗？说实话，我觉得拿不拿毕业证不算什么大事，影响不了夫妻感情。

但是提到他各项条件，除了对你好，好像没有任何可取之处。你自己也说，自己大龄想赶紧嫁出去，恐怕你自己也是普通女生，再不嫁连年龄优势也没了。但是他如果现在有钱、有房、名校毕业，你觉得他还会怕找不到女朋友，还会这么死心塌地地追着你吗?

说到这，不得不说点现实的，就是人和人匹配度的问题。如果你不甘心配一个这样的人，那么诚实面对自己，衡量自己的条件，以你目前的分数，你配得起一个什么样的人?如果不跟他在一起，你觉得你能找一个什么样的人在一起?这个人至少明白自己的不足，他努力在讨好你，希望留住你，换了另一个条件比他好的，你能把握得住吗?如果你自信自己能配得起更好的人，那你赶紧换，因为你自己都说你二十七岁了很着急。三十岁之前，你还可以折腾一番，三十岁之后要么你事业有成，要么你倾国倾城，不然等到三十岁你还跟二十七岁一样没什么变化，那你就是在减分，到时候对象只会更难找。

找男人，一是人品好，对你专一对家人真诚。二是头脑聪明，不是说精英那种，而是智商和你匹配不相上下就行，两个人志同道合，价值观趋于一致。三是有点事业心，能有正当工作赚钱养家，别不务正业。其他的，就是张曼玉配梁朝伟，你是谁，就找谁，眼高手低或者手高眼低都是耽误自己。有些人因为错误衡量自己，总觉得遇到的人都配不上自己，结果成了大龄女青年剩在家里。反过来，有些女孩因为不能正确认识自己的价值，跟花言巧语或者耀武扬威的低分男在一起，过着委屈的日子。这些都是不能正确给自己估分造成的。

前些日子我在微博里转载了一篇文章，讲的是每个人背后都贴着自己的婚恋分数，最后大多数人找到的伴侣，其实就是和自己分数最接近的人。要不我怎么反复强调，女人要不断成长和完善自己，以使自己的价值更高，找到的人更好。

至于他说的没房子让你等两年，其实你们可以先租房子住，如果真心想嫁给他，房子的问题怎么都能解决。对吗?

希望我的回信对你有所帮助。

吴桐

我是不是错得太离谱了?

吴桐:

我本科毕业后工作了两年，现在英国读书。我和我男朋友相识三年，相恋两年，见过彼此的父母，双方都很满意，感情很稳定，奔着结婚去的。我和我男朋友从一开始就是异地恋，他在美国，我之前在香港。

来英国两周后认识了一个小我三岁的男生，两个月后我们在一起了，准确的说就是我找了一个小三。其实是我主动勾搭他的。他知道我有男朋友，不过从来都不过问，所以目前我个人觉得我们彼此的态度就是临时搭伙的朋友和床伴。我们并不在一起住，周一到周五分头忙自己的课业和活动，周末一起吃饭看电影睡觉，有时晚上聊天会一直聊到凌晨四点半，公共假期一起去阿姆斯特丹，去马赛，逛博物馆，逛花店。在别人眼中，他就是我男朋友。

我并没有什么需要抉择的，其实我挺清楚自己要的是什么。我结束学业，当我和小三不在一个学校不在一个居住地的时候我会顺其自然地和他分开，我生活的大方向是确定的，而爱情也不过是生活的调剂。我记得一句话，和一个人在一起不是为了取悦对方，而是为了更加认识自己。两个人，两段感情，我却不认识我自己了。我可以给我男朋友发短信说亲爱的晚安，好梦，永远爱你，然后转身抱着小三接吻。也许我想我这个人根本就是自私的，最爱的永远是自己。我竟然不为我的不忠感到内疚，因为我觉得在没有正式进入婚姻之前，谁都是对方的备胎，而婚姻是固定下来的男女关系，能让我们更有效率地去完成别的工作，但这并非人性本身。

我想知道人在一个足够大的诱惑面前，会选择尝鲜还是会做柳下惠；像我这样，是不是真的错得太离谱了？

小A

小A：

你把自己的感情观阐述得非常清晰明了，为何还要问我对错？

你认为适合自己的，就是对的。

你清楚自己要什么，也不需要抉择，那么你写信给我，恐怕是把我当神父、树洞，只是忏悔一下内心小小的罪恶感然后就一身轻松了是么?

那么，你的目的已经达到了。

反正，你现在还是如鱼得水的。

只要你记得，当你这样的游戏规则，被别人用在你身上的时候，不要喊不公平。那样一切就圆满了。

出来混，总要还的。但是一个人往往最后都是折在自己手里的，比如你这样光明正大的找小三，还要写信来忏悔一下的人。

你心里对自己的做法不够坚定。就像一个杀手如果总是犹犹豫豫，早晚有一天是要被别人一枪毙命的。

既然拎得清，那就拎得彻底清一点，免得到最后竹篮打水一场空。当然这只是提醒，我觉得你目前为止还是玩得转的。只是，女人难免会感情用事，比如这封信就暴露了你的软弱之处。

好好享受理性时光，藏起你的懦弱，那会致命。

吴桐

够不够爱，并非你我能够选择

吴桐：

我和我前男友交往一年，两个月前分手。

我和他是在美国认识的，一开始我觉得他长得很可爱，办事可靠，后来两人吵架的原因多是因为我们学校别的男生也在追我，他说我不应该给别人机会，要我和他们保持距离。其后度过一段比较甜蜜的时光，其间他老是说我不够爱他，表现得很不自信，对我看得也比较紧，早晚短信电话不断。

他有段时间非常忙，我却不是很忙。我怕打扰他写作业便很少打电话烦他，都是发短信问他有没有吃饭有没有好好休息。过后，他指责我没怎么给他打电话，没有给予他精神上的支持，对此我感到很错愕。其实我从来都没有谈过恋爱，也没有暗恋过别人。他暗恋过别人一次，谈过一次恋爱，年龄比我大两岁。当时我不知道该怎么办，所以我就说好，我会慢慢改的。过了那段时间，又到了我非常忙碌的时期，有时候没办法每天和他一起吃饭，所以会在前一天给他发短信告之。而且我一忙起来，就没办法顾及他的感受。

有一天，他给我发短信说，第二天一起吃晚饭吧，我说好。可是到了第二天因为有新的情况突然发生，所以一早我就提前告之说因事无法一起吃晚饭了，可不可以改到周末。然后他就不耐烦地说为什么和我吃个饭还要预约，为什么现在和我住得这么近了还不能一起吃个饭，然后就吵架了。

过了几天，他又开始给我发短信，但是每说几句就会报怨我不怎么照顾他的感受。我不知道该怎么回应他，只好说当时很忙，然后他就说，就算要分手也要当面告之。

第二天，他把我约出来。他看着我说，我们还是分手吧，因为不合适。他说，他不能从我这里得到精神上的关心，而且我都不能为了他而改变一点点，这令他很不舒服。我接受了他的分手要求，那天我们就分开了。

到了晚上，回到家里，突然又接到他的电话，他说他下午提分手是脑子抽了，问我能和好么。我感到震惊，三个小时不到他就反悔了，分手时的信誓旦旦也都不见了，只剩下他对我的道歉，我觉得很荒谬没法接受。

过后，他就是各种短信微信请求原谅。由于我的不理会，他的行为终于停止了。据朋友们说，他一直过得很颓丧。到了十一月中旬，他突然又打来一个电话，请求我再给他一次机会。我当时态度其实已经和缓了，我说看心情吧，他后来就再没有反应了。直到前不久我过生日，他送了一对tiffany的耳钉给我。接受了他的礼物，我觉得很不安，不知道到底该不该接受这对耳钉。

其后再没有往来，我自己不清楚到底还喜不喜欢他。

就我个人来说，我很想开始一段新的感情，但其实又很疑惑。

一个猫猫

一个猫猫：

虽然你的做法听起来完全合情合理，而他的行为非常孩子气，但其实有时候，人谈起恋爱来真的就会变成小孩子呢。而且，相爱的人即使很忙见不到面，也真的不愿意让对方难过，所以往往会不停地向对方解释。更重要的是，即使很多时候对方会表示不介意，自己也难免心怀歉疚！可是这些在你身上，都没有。

你男朋友可能真的不是在乎那天那一顿饭和你没有吃成，也不是因为你忙于功课而不能和他常常在一起。他介意的，是他在你的心里到底有多重的分量。

热恋中的人才会电话短信不断，当然作为男生，他在你眼里看来确实是太小家子气了，可是在另外一些女生眼里，很可能那正是甜蜜体贴的表现。而一个男生为对方痴迷，会让很多女孩感到幸运。当然，那必须是女孩同样喜欢这个男生。

一个人在恋爱中表现得太理智，就会让对方感觉不够在乎他吧。可是也不能说你一点也不喜欢他，因为你自己说过他长得很可爱。只是也许你对他喜欢的程度，仅此而已。因为即使他说分手，你都没有什么伤心和挽留啊！你只是接受了。而他其实明明是因为爱你，又得不到充分回应，所以在求抱抱啊！

你的信，条理清楚而且情绪淡淡的，就像你对他的感情一样。

他呢，一方面是因为喜欢你，一方面是因为你的表现太过淡漠以至让他由疑惑到没有安全感，其实这男孩抓狂的原因在于没有得到相应的爱情回报。因为得不到，所以不满、抱怨甚至愤怒，这其实是非常常见的男女关系中的一种现象。

如果你爱他，就不会无动于衷。可是爱一个人的程度有多深是努力不来的，即使他改正了缺点恐怕你也不会爱他更多。他不懂，他放不下，他不甘心。这是他的痛苦和悲哀，也是很多人的痛苦和悲哀。

而你，为了让他有个解脱，不如大大方方告诉他：对不起亲爱的，这一切不是你的错，而不够爱，也并非我能够选择。

吴桐

爱是一种本能

吴桐：

我是天蝎座女生。五年前，我用全部力量，毫无保留地爱过一个没有长大的、不合适的男生，之后几年里又用剩下的力量让自己告别了那段失败感情的阴霾。回家来是不久之前的事情，被安排相亲也是正常生活进程的结果。所幸，我遇见了他，偶然发现他是我表哥旧时的朋友但是我们之前没有过交集。因为有这层关系在，我一开始也没有排斥，很自然地就有了后面的联系。慢慢地，我们恋爱了。然而，问题出现了。

他没有过热情似火的追求，也没有过浪漫的表达。两个月了，该做的事情都做过（你懂的），到今天却连一句“我喜欢你”“亲爱的”都没有说过。唯一的一次，是我说我觉得你不喜欢我，然后他予以否认，说还是喜欢的。

以前恋爱中的我，会盲目地主动，盲目地为对方着想，拼命为对方做很多看上去很傻的事情。但是经过上一次的失败，我知道，感情是一架天平，只有相对平衡的付出才能营造一个balance（对等）的环境。所以与他相处，我一直比较注意自己行为的得体，不过一旦他约我，我没有过拒绝，没有过迟到，没有过爽约。平时，也不会像小女生一样，电话短信不断，窥视他的行踪，侦探他的过去，这些我都没有过。我并非主动但绝不被动，我希望自己做一个大度有气质的姑娘，但我也明确表示我喜欢他，愿意和他一起为将来努力。两个人相处时，我会表现我的热情，面对他朋友也争取留下好的印象，让他觉得有面子。他胃不好，我们很少在外面吃饭，我总让他在家里吃完了晚饭再一起出去走走。而我们的约会，仅限于走走和那个○○××。

其实说到这里，我自己也有点乱，感觉没有对你说到重点。好吧，重点是，我感觉不到他对我的热情，感觉不到他对我的冲动，感觉不到当一个人爱上另一个人时那种该有的热度。他没有好奇我在做什么，也没有因为希望早上醒来想听见一句我的早安而电话我，当然也不会有睡前的电话道别了。总之，我感觉不出有我没我对他有什么区别，我感觉不到我这个女朋友在他生活中的分量。

而你知道的，天蝎爱情似火，而这团火，我包裹着，小小心心一点点地散发，生怕烫伤了这段感情烫伤了他。

或许你会问我，他对我的关注不够，有什么表现吗？嗯，有的。

我们家离得非常近，开车只需要十分钟，我们有过四天都没有见面的情形。刚开始我是等他约我，后来我是心里不高兴后也不主动提出，最后是我将不满告诉了他，他却说是因为我在准备考试怕影响我。我们终于见了面，其实也不是一个什么重要的考试。之后，他有好几个晚上约我出来，我们都是去〇〇××了。

我们还有过整整一个周末没有见面的情形。平时我们都上班，但周末他说他喜欢待在家里，想好好休息休息。可是，他的工作，是轻松到不能再轻松的工作。我们不会经常打电话，最多的联系方式是QQ。因为喜欢他，恋爱了，我对他设置了隐身可见。而一次不小心，我发现，我却不是他隐身可见的联系人，而有这项殊荣的人，我不认识。

这个月，他去了另一个城市，开车大概一个小时。第一周，我们每天只有可怜的一两次电话，我不敢电话他，我怕打扰他，但是他也不会主动对我报平安什么的，仅有的一两次电话也是寥寥数语，后来我小小地用平和的语气撒娇似的表达了一下不满，加上他朋友说他对我不够用心，周末他就开始哄我，说很想我怎么办，当然很自然地，我们见面了，又○○××了。第二周，我们有了每天三次以上的电话。呵呵，我被优待了。这期间，因为他的被动，我适当增加了自己的主动，尽量联系他，但也不会打很多电话。因为感觉不到他的热忱，我也唯恐自己表现得太像一个急切渴望被爱的姑娘，不想让他看见我有时心中的慌乱。但是，对于失去一个人，我并不害怕。因为曾经经历过，我对自己有信心，哪怕再痛，我也可以重新站起来，我相信自己有这份勇气。

但你觉得，这像恋爱吗？我觉得，这不像。我感觉只有在他想sex的时候，我才会出现在他心中，可是哪个男生，没有这点爱好呢？难道我对他来说，就只有这么点用处吗？在我们不多的真正面对面相处的时间里，除了散步说些不痛不痒的话之外，真的就只剩○○××了。

可是我能说他不好吗？貌似也不能。他性格温和，待人得体，温文尔雅，绅士，偶尔孩子般地撒娇（父母非常非常非常………省略一万个非常地宠他），目前朋友圈正常，不逛夜店，宅，好相处，慢性子，诚实，聪明但不斤斤计较，我不舒服时该有的问候没有落下，我仅有的几次闹情绪他认错态度也很好，将我正式介绍给他的朋友们，走在街上会牵我的手，七夕给我准备了花和巧克力……这些都是优点。

可我就是开心不起来。我想要的，是我们两个人，从一段很远的距离，相互朝着对方走去，越走越近，彼此越看越清。我不要求你把我当作你生活的全部，但至少我是你女友，是你理论上喜欢爱慕的姑娘，那么我应该拥有你热切的眼神和偶尔激情澎湃的甜言蜜语，而不是平淡如水到甚至我有时候都感觉不到是在恋爱更别提是在热恋的关系了。我希望你至少哪怕有一次，你说很想我，说想抱抱我，只为想要见到我这个你口中可爱善良有气质的姑娘，从你家开十分钟的车来找我。我们居住在相距十分钟的车程里，为什么有时却让我感觉彼此距离那么遥远，遥远到总觉得你在害怕、犹豫、担心什么。真的，如果你没有准备好，那为什么又要和我○○××，为什么还要握着我的手，说让我给你点时间，你会努力赚钱？可是，如果我都感受不到你的爱，我要等你的钱做什么？

吴桐，十点是我睡觉的点，但是现在十一点了，我无法入眠。他不是一个想你了就直接开车到你跟前来见你的人。他会提前给你电话，问过来好不好，我如果随便找一个很烂的理由哪怕明显到他知道这是我小小赌气的借口，他也不会挑明，只会说好，那你好好休息。他就是这样一个人。

你知道吧，我有时候觉得自己要求真低，他的一个电话，哪怕稍微长一点的电话，都会让我很开心。可有时，也觉得自己很贪心，希望能有热恋的感觉，听到一句“我喜欢你”“亲爱的”“北鼻我想你”。

如果我是他目前遇见的，无论身材外貌家庭背景性格学历职业收入都还不错的“适合结婚的人”，而不是一个能激发起他的精神和热情的人，那么我觉得“宁缺毋滥”就是我的态度。我需要爱情，需要有爱情的婚姻。

吴桐，你能告诉我，我在他眼里，是一个什么样的人呢？是免费的名正言顺的性伴侣？是他到了该结婚年龄遇见的一个尚且适合结婚的人？还是我最不愿意接受的他不够喜欢但却互为知己的姑娘？又或者，他喜欢我，只是需要我更耐心？吴桐，我喜欢他，而喜欢一个人是没有理由的。我已经包容了他曾经谜一样的大学时光，也没有窥探他各种隐私，因为我对自己说过，因为曾经，无论好与不好，对与不对，一路走来，才有了现在的他，才有了现在的我，和我们的相遇。我应该感恩的，不是么？

我应该感激，我又爱了，不是么？

一只想幸福的蝎子

一只想幸福的蝎子：

每个人都有自己爱一个人的方式，也许，他的方式和你想要的不太一样，但是并不代表他没有用心付出过。

但是也许，只有当我们全情投入去爱一个人的时候，才会像你所说的那样，一起床就会想听到她的声音，一出差第一件事就是向她报平安。

你苦苦追问我：为什么会这样？我只能回答你：一个人喜欢另一个人有多深这种事情，真的勉强不来。

在适婚的年纪，遇到想要结婚的人，于是大家凑在一起，谈一场平平淡淡的恋爱，以结婚为前提，这是眼下大多数的中国青年男女在做的事情。这其中，经过了细心的筛选，条件包括家世、背景、工作、收入、房产、车子、存款。男人可不可以在房产证上写上两个人的名字？女人是不是有正式工作？能不能接受跟公婆同住？这些甚至跟那个人本身都没有多大的关系，年龄可以放宽，长相看得下去就行，性情嘛，是个正常人就能接受。最后不忘敲定的是，礼金给多少，嫁妆是否丰厚。有多少人，最后就在这个节骨眼儿上谈崩。

至于感情，只要不烦对方，感情是可以培养的。

真的，听到也见到了太多这样的故事。尤其回到了出生的城市，彼此都安稳下来，通过熟人介绍的那种，更是离浪漫两个字越发遥远。

有一种人，他们可能早已经历过了轰轰烈烈的爱，只想要在需要稳定的时候安安稳稳有个家。

另一些人，他们还不知道真正的爱是什么，但是因为年龄，因为家人的压力，也稀里糊涂随大流定了终身。

至于你，你要的是轰轰烈烈的爱情，你要的是如胶似漆、牵肠挂肚。你要的这种如火一般的爱，这个男人身上也许具备，但面对你却没有被激发出来。或者，如果这辈子他都没有这样的一个机会，那么也许这一辈子他都只能是懵懂过一生。

你非得要问我，你对他来说是一个什么样的存在，怎么说呢，你就是他交往的一个对象咯。

很多人会拿不太懂得如何谈恋爱来解释自己在恋爱中的各种波澜不惊和没精打采。但是其实他们自己可能都不知道，那不是恋爱的常态。恋爱中的人是会打鸡血的，就算一个再木讷的男人，他的喜悦之情都会溢于言表。这是人类的生理基因决定的。爱情到来的时候，人脑会分泌大量的多巴胺，它会使你变得亢奋和愉悦，会不自觉地想要见到那个人。多巴胺甚至会让一个人处在有点疯狂的状态，甚至会让他看不到对方身上的缺点，这就是所谓“情人眼里出西施”的原因。但是如果多巴胺分泌得不够，这个人可能只不过就是，没有那么来电。

好好去爱一个人，是需要学习的。但是爱上一个人，却是本能。如果作为当事人的你都觉得他热度不够，那么他就是热度不够。他不够，也许根本也不是他故意的。把你对我说的这些唠叨和抱怨都说给他听吧，你说与旁人听，回过身去却要在他面前硬装大度和从容，又是何必呢？这种无用的懂事，到最后都会变成回想起来的万般委屈。恋爱，本该是一场轻松美好的事，为何被你谈得这样拧巴与沉闷？告诉他你的需求，你的底线，你需要一个什么样的恋人，这很重要。就算他做不来，至少你还有机会马上作出选择。这样每天演内心戏，其实也是浪费大家时间你说对么？

吴桐

附录

40条爱情的常识

吴　桐

1 原谅上天在让你遇到对的人之前，先安排一些无关紧要的人给你。

2 既然你们都不愿意为对方放低身段，都觉得自尊比你们那点可怜的感情更重要，那就game over喽！

3 当风筝的线攥在你手中的时候，你也得让他感觉到你其实也是一只风筝，他若不努力，你也会飞走的。

4 很多很多的恋爱，都没有那么的喜欢。所以，很多很多的恋爱，最后都分手了。

5 你朋友唯一做对的一件事，就是没让自己继续纠缠下去。

6 一个女人的身价，有的时候是自己抬高的。

7 一个真正的好男人，只对自己有要求，对女人是没有那么多苛刻要求的。

8 不必在意那个所谓的“小三”，你们之间没有任何可比性，而且就算没有她，一样会有别人。

9 你拼命的为难他，只是因为你找不到你想要的人，于是就霸道地想把身边的人努力变成那个人。可是，凭什么？

10 一段能被对方轻易放弃的感情其实真的算不了什么，何必在遇到一个不懂得珍惜你的人之后，自己也开始不懂得珍惜自己？

11 有的时候，我们正是因为预感到了结局，才会爱得如此用力。

12 能够一起白头的人，才是生命中对的人。

13 爱应该是肯一起扑火的两只飞蛾，是一起冒险跳过悬崖的两只小兽。一只，总归是悲剧。

14 在最好的爱情中，你们的爱应该是对等的。

15 你看似失去了一些东西，但是其实，也许有一天你得到的比你失去的还要多。

16 提醒，是给一个机会让他表达爱。

17 一个男人为追一个女人能做出多大的努力，其实在某种程度上也代表了他多想得到这个女人。

18 为什么女人在遇到混蛋的时候，总会先想到是自己的错？这是内心善良吗？不，这是一种病态。

19 你终会遇到你的爱情，只是时间早晚而已。

20 第一个喜欢的人又怎样？第一个喜欢的人最不值钱了，因为有一天你会喜欢上第二个、第三个、第四个、第五个，到那天你就会明白：哦，原来初恋时我们不懂爱情。

21 女人的青春宝贵我知道，但我更知道，蹉跎在错误的人身上，一辈子都毁了。

22 他要是真对你有意，就算不好意思明说，也早就找寻各种机会和你单独在一起了。

23 真爱绝不是单方面的来电，而是一种只需要你一个眼神，对方就能感应到，并不自觉地向你靠拢的神奇磁场。

24 “也许别人拿你当A片使用了，你却拿人家当经典大片收藏。”

25 真正有勇有谋的人，敢于冒险的同时也早就清楚什么叫止损，什么叫适可而止。

26 爱不是互相牵绊，而是互相陪伴。

27 当你开始发自内心地鄙视一个人，就是离爱情最远的时候了，也是应该选择离开的时候了。

28 每一个不完美的人，都有机会遇到真爱。

29 告诉你的母亲，你其实并不是从未作过打算，只不过是不想盲目草率找一个人嫁掉，因为你要对自己负责，要对婚姻负责。

30 若你从来不曾为我着迷，我们之间为何还要继续？

31 当你非常想要拥有一样东西的时候，你才会有资格拥有那样东西。

32 要是对他的人不喜欢已经大过了对他的钱的喜欢，那肯定是回家继续快快乐乐背你自己的巴黎世家包包啊！

33 真的爱，就不会错过。

34 如果你们要的东西不同，就没办法生活在一起。

35 我只相信，有缘分的人是永远不会走散的。

36 爱是深情的等待也是一份留有余地的转身。

37 每个人背后都贴着自己的婚恋分数，最后大多数人找到的伴侣，其实就是和自己分数最接近的人。

38 一个人往往最后都是折在自己手里的。

39 爱一个人的程度有多深是努力不来的，即使他改正了缺点恐怕你也不会爱他更多。

40 好好去爱一个人，是需要学习的。但是爱上一个人，却是本能。

图书在版编目（CIP）数据

所有的美好，也许只是恰逢其时 / 吴桐著. —成都：四川人民出版社，2018.3

ISBN 978-7-220-10658-3

Ⅰ. ①所… Ⅱ. ①吴… Ⅲ. ①随笔–作品集–中国–当代 Ⅳ. ①I267.1

中国版本图书馆CIP数据核字（2017）第325541号

SUOYOU DE MEIHAO, YEXU ZHISHI QIAFENGQISHI

所有的美好，也许只是恰逢其时

吴 桐 著

出品人 黄立新

选题策划 石 云 欧阳志彦
责任编辑 何红烈
封面插画 赵喻非
封面设计 主语设计
内文设计 张 妮
责任校对 袁晓红 林 泉
责任印制 许 茜

出版发行 四川人民出版社（成都槐树街2号）
网 址 http://www.scpph.com
E-mail scrmcbs@sina.com
新浪微博 @四川人民出版社
微信公众号 四川人民出版社
发行部业务电话 （028）86259624 86259453
防盗版举报电话 （028）86259624
照 排 四川胜翔数码印务设计有限公司
印 刷 四川华龙印务有限公司
成品尺寸 146mm × 208mm
印 张 6.25
字 数 110千
版 次 2018年3月第1版
印 次 2018年3月第1次印刷
书 号 ISBN 978-7-220-10658-3
定 价 36.00元